COMO DEVOLVER UM ANJO

"Porque os homens são anjos nascidos sem asas, é o que há de mais bonito, nascer sem asas e fazê-las crescer."

JOSÉ SARAMAGO

Prólogo

Ela o viu pela primeira vez quando tinha sete anos de idade. Estava andando de bicicleta na rua, quando escutou um barulho estridente e parou de pedalar. Foi tudo muito rápido. Viu um carro vindo em alta velocidade em sua direção, mas não conseguiu sair do lugar. O choque parecia inevitável e ela se retraiu, certa da colisão. Só que, de repente, tudo começou a acontecer em câmera superlenta. Perplexa, percebeu uma espécie de chuva de luz, com pingos em formato de flocos de neve coloridos. Luna ficou imobilizada e encantada ao mesmo tempo, quando **ele** apareceu na sua frente.

Ele sorriu e se virou logo depois para o carro, que Luna até já tinha esquecido e que agora se movia extremamente devagar a seus olhos. Agora aguardavam o veículo chegar até os dois, como se tivessem todo o tempo do mundo. Como num filme, que ele editava apenas com o pensamento.

Luna estava tão fascinada com a sua presença que, num impulso, puxou sua camisa, buscando novamente por seu olhar. E quando seus olhos se encontraram, ele abriu um sorriso largo, tão belo e tão cheio de amor que podiam preencher todo o universo. Depois que lhe mandou uma piscadinha sorrateira, voltou sua atenção para o automóvel e estendeu o dedo para frente. O carro veio lentamente até o seu dedo e parou ali mesmo, sem que tocasse nos dois, quase flutuando, como num passe de mágica.

Tudo voltou à normalidade instantaneamente e **ele** desapareceu de uma só vez, como se nunca tivesse estado lá, deixando-a intacta, praticamente a um centímetro de distância do carro. O que se sucedeu foi uma mistura de histeria, gritos e choros. A mãe de Luna correu até ela e a pegou no colo, aos prantos, sendo abanada e consolada por muitas pessoas. O motorista, que havia sido vítima de uma batida na esquina anterior e tinha tido o veículo arremessado à sua revelia na direção de Luna, jogou-se no asfalto, em prantos, assim que teve certeza de que a menina não tinha sido atingida.

— Foi um milagre! Um milagre! — Gritavam os passantes. E Luna procurava seu salvador no meio da multidão, mas ele tinha desaparecido.

Quando, mais tarde, contou aos seus pais o que tinha acontecido de verdade, que tinha visto um homem mágico que tinha parado o carro com um simples toque, seu pai lhe apresentou uma explicação lógica, típica do psicoterapeuta que era. Afagou sua cabeça e disse que a sugestão mental para essa ideia tinha vindo dos passantes, que tinham gritado que havia sido um milagre e sua mente havia traduzido essa mensagem inconscientemente com um símbolo transcendental, como um ser sobrenatural.

Sua avó foi a única que acreditou nela. Ela esperou um momento em que ficassem a sós e a encarou longamente, parecendo procurar as palavras certas:

— Luna, o que aconteceu hoje foi especial. Você teve a chance de ver o seu anjo da guarda, minha querida. Isso é para poucos. Pode significar que ele está predestinado a aparecer para você e a mudar seu caminho, doçura.

— Mas, por que posso vê-lo e outras pessoas não podem, vovó?

Sua avó sorriu e envolveu suas pequeninas mãos:

— Porque você possui uma coisa que outras pessoas não possuem.

1

Luna disfarçou um bocejo quando seu chefe passou ao seu lado, ranzinza. Dessa vez, ela teve certeza de que ele viu, porque era o bocejo número 300 daquela manhã e a moça tinha chegado há uma hora, super atrasada. Tentou parecer mais esperta e pegou o telefone sobre a mesa, como se fosse fazer a ligação mais importante do dia naquele segundo. Mas, na afobação, deixou cair tudo no chão – telefone, pastas de arquivo... até o porta-retratos que estava em cima da mesa foi junto – e o chefe, que já estava quase fora da sala, voltou rapidamente, visivelmente contrariado, para ajudar a pegar as coisas do chão.

— Eu me atrapalhei! — Tentou explicar. E Tim, o chefe ranzinza, até que pensou em entoar um discurso sobre pontualidade e cuidado no trabalho, mas teve que rir ao notar um resquício das aventuras de Luna na noite de Berlim:

— Da próxima vez que for a um clube no meio da semana e se atrasar para o trabalho no dia seguinte, pelo menos suma com as provas.

Luna checou rapidamente o braço e quis sumir, roxa de vergonha: o carimbo do clube aonde tinha ido na noite anterior ainda estava lá, translúcido em seu pulso, com o nome da boate numa tonalidade da mesma cor que a sua vergonha.

— Tim, eu não nego que saí ontem à noite, mas este não é o motivo de...

— Deixa para lá, Luna. Olha só, lembre-se de que hoje o prefeito volta da viagem aos EUA e prometeu uma exclusiva às 16 h. Você tem condições de ir ou quer que eu mande a Fiona?

— Eu e o Raphael vamos. Não é, Rapha?

Raphael não respondeu. Como ele havia ido junto à boate e também para a cama às 4h30, ela suspeitou de que o amigo estivesse dormindo mais uma vez de olhos abertos, técnica que, para o seu desespero, ele dominava cada vez melhor, chegando até a dar uma leve roncadinha olhando diretamente dentro dos seus olhos.

Para que Tim não tivesse um ataque do coração ao ver que dois de seus funcionários estavam mais mortos do que vivos, ela tentou fazer a sua atenção retornar para si:

— Tem alguma coisa que você queira preparar para o Natal? Já é quase no fim de novembro e a gente precisa intensificar a cobertura dos eventos, não é? — Quis impressionar.

— Hum, talvez algo sobre os preparativos para o concerto de natal na catedral. Mas faz pelo telefone mesmo, não precisa ir lá.

— De jeito nenhum! Eu passo por lá com o Rapha para fazer umas fotos e umas filmagens hoje mesmo! — Luna se prontificou.

Tim a ignorou e voltou para sua mesa. Ao que Luna sorriu, vitoriosa. No fim, ela sempre fazia o que queria mesmo e, de qualquer forma, era a única jornalista daquela pequena redação que concordava em ir numa igreja sem brigar. Não que ela fosse religiosa. Mas por outro motivo: se algum dia alguém soubesse a pura verdade sobre a sua pessoa, iria se deparar com dois fatos. O primeiro deles: ela ainda tinha esperança de rever o seu anjo da guarda.

Era como uma obsessão, um segredo. No fundo, uma mania que ainda seria culpada pela sua internação em alguma clínica psiquiátrica, caso alguém a escutasse dizer que estava perseguindo seu anjo da guarda. Ela entrava em todas as igrejas, lia todos os livros sobre anjos, sabia de todas as histórias que já foram contadas a esse respeito.

Não foi só o carro que ficou suspenso no ar naquele dia: desde aquele momento, Luna tinha descoberto que a vida não era só feita das coisas que todo mundo podia ver. Existia uma outra coisa, tênue como verdades e forte como as dúvidas. Uma coisa capaz de dar sentido a tudo e que poderia cessar a busca inútil do dia a dia pelo pote de ouro por trás do arco-íris.

Tinha a esperança de retomar o contato com ele, o seu anjo, pois sabia com certeza que ele mudaria sua vida para sempre, como a sua avó havia dito.

Nunca esqueceu o seu rosto, seu sorriso com dentes super brancos, os cabelos cacheados cor de mel e os olhos bondosos e especiais, um verde e o outro azul, iguais aos de Raphael. Aliás, esse tinha sido o motivo que tinha feito com que ela se aproximasse do colega de redação.

— Você tem olhos de anjo. — Ela havia dito a ele naquela noite em que se conheceram no bar. Inconscientemente ou de propósito, Luna ficava atenta a qualquer um que lhe lembrasse do "seu anjo" e, quando viu Raphael, não teve dúvidas e puxou conversa.

Raphael engasgou na hora. Até gaguejou. Mas agradeceu e lhe pagou uma bebida, o que foi uma péssima ideia, visto que ela já havia tomado duas ou três caipirinhas para ter coragem de abordá-lo. Os dois conversaram sobre diversas amenidades depois de mais alguns drinques. E essa era a última lembrança da noite, pois quando Luna retomou posse de suas faculdades físicas e intelectuais, acordou ao lado de Raphael numa cama desconhecida, num quarto desconhecido, num bairro desconhecido e até numa cidade desconhecida: era seu primeiro fim de semana em Berlim.

Ao vê-lo ao seu lado na cama, Luna deu um grito, espantada. E Raphael também, pois se assustou com o grito dela. Ele também havia bebido demais e nenhum dos dois sabia exatamente o que tinha acontecido. Mas depois de alguns minutos de uma conversa constrangedora para ambos, chegaram à conclusão de que somente haviam se divertido (e pelo jeito também bebido) muito na noite anterior. E somente isso.

O bom foi que, a partir daí, os dois se sentiram muito à vontade um com o outro e saíram para tomar um café, que virou mais um jantar, mais um almoço e, por fim, muitos outros encontros, regados a muitas risadas, música das mais diferentes procedências, filmes e horas de conversa. Desde então, só andavam grudados, como Batman e Robin, e até deram um jeito de trabalharem juntos na redação da rádio Fun Berlim: ela como jornalista e ele como fotógrafo e cinegrafista para as postagens da rádio na internet.

Quem a visse podia achar que ela era muito dona de si, arrogante e metida. Mas por dentro, Luna era a mesma garotinha com medo de ser atingida pelo carro em alta-velocidade, salva por alguém que ninguém conseguia ver, que a conquistou imediatamente mas sumiu, sem nunca mais aparecer para encher seu coração com a luz do seu sorriso. Do mesmo jeito que ele sumiu, ela também sumia. Foi assim que vivera em São Paulo, Munique, Colônia, Viena e agora estava há dois anos em Berlim.

— Raphael, você precisa ir à escola Waldorf hoje, às 12 h. Preciso de outras fotos dos estudantes que vão apresentar a peça de teatro, já que as que a escola mandou ficaram péssimas. Vá tratando de lavar o rosto e se preparar para sair. — Tim gritou, já de dentro da sua sala. Luna se perguntava se ele já havia notado que Rapha dormia de olhos abertos.

— Rapha, acorda! — Ela cutucou seu amigo levemente com um lápis, com medo de assustá-lo.

— Não tenho shake de proteína!

— O que é isso, Rapha, tá sonhando com o quê? — Ela achou graça e puxou sua cadeira para mais perto dele, passando a mão pelos seus cabelos e sussurrando em seu ouvido:

— Acorda porque o Tim já percebeu que você está dormindo de olhos abertos!

— Vão procurar um quarto! — Anna resmungou, passando pelos dois e batendo com a régua na mesa de Rapha, fazendo o maior barulho. Apesar de ela estar brincando, Luna sabia: Anna fervia de raiva por dentro todas as vezes que ela se aproximava fisicamente de Rapha ou ele dela. Anna era louca por ele e, como Raphael não correspondia às suas intenções, ele e Luna combinaram fingir que tinham uma espécie de relacionamento, no que metade dos colegas apostava de fato, não acreditando numa amizade sincera entre um homem e uma mulher solteiros.

— Nossa, eu estava cochilando mesmo! — Raphael confessou baixinho. — Luna, a gente tem que parar com essa história de sair durante a semana. Nem você nem eu conseguimos arrumar nada, só dor de cabeça no dia seguinte.

Rapha e Luna estavam passando por uma espécie de crise. Eles chegaram à conclusão de que havia chegado a hora de entrar num relacionamento sério, daqueles que duram uma vida inteira – por isso frequentavam regularmente bares e clubes.

A vida numa cidade grande e movimentada como Berlim era fascinante, mas ambos sabiam dos riscos que ela oferecia:

— Berlim engole você de corpo inteiro e cospe sua alma, Luna. Quando você der por si, seus sonhos ficaram para trás, presos numa das linhas de trem. — Raphael dizia. Por isso, Luna propôs ao amigo um pacto: que os dois se esforçassem o máximo para encontrar alguém antes dos 30 anos. Juntos, como um time.

Aliás, esse era o segundo fato que representava a pura verdade sobre Luna. Sua vida amorosa era o mais puro desastre. Muito mais do que qualquer pessoa possa imaginar. Luna era o tipo de pessoa que tinha várias coisas prestes a acontecer, mas que nunca se tornavam relacionamentos firmes... Recebia cantadas de menores de idade, números de telefone de traficantes, perdeu melhores amigas porque seus namorados enviavam cantadas indecorosas, acompanhadas de fotos ousadas de partes que raramente veem a luz do sol... Mas ela ainda tinha esperança de que tudo iria mudar e que conheceria, finalmente, a pessoa certa.

— Foco, Raphael. 30 anos, esqueceu? Ou vai querer um futuro solitário?

Existia uma outra coisa, tênue como verdades e forte como as dúvidas. Uma coisa capaz de dar sentido a tudo e que poderia cessar a busca inútil do dia a dia pelo pote de ouro por trás do arco-íris.

2

Ao contrário do que Luna imaginava, Raphael não quis acompanhá-la até a catedral. Por isso, depois da entrevista com o prefeito, ela deu uma passadinha por lá sozinha. Apesar de ter se mudado para a Europa há 10 anos e já morar em Berlim há dois, ela ainda admirava esse monumento arquitetônico imponente como se fosse a primeira vez, e não só pelos seus mais de 100 metros de altura. Principalmente o interior da catedral lhe fascinava, com seu esplendor, seus vitrais, seus relevos que ilustram histórias do Novo Testamento e importantes figuras da Reforma Protestante.

Depois de conversar com o assessor de imprensa sobre os concertos natalinos, ela se sentou um pouco num dos bancos da igreja e ficou observando o ir e vir dos turistas, interessados na beleza plástica do local. Ela estava ali por outro motivo. Queria se conectar ao seu anjo e se concentrou numa dica de umas das dezenas de páginas na internet sobre o assunto: fechou os olhos, respirou profundamente e esvaziou a mente. Tentou não pensar em nada, só no rosto do seu protetor. Assim que reviveu mentalmente aquela imagem que povoava seus sonhos desde criança, começou a falar com ele mentalmente:

— Olá, protetor. Obrigada por cuidar de mim. Venho aqui te pedir uma ajuda. Minha vida amorosa anda mal, como você sabe. Você tem trabalho a fazer. Amém.

Nunca fora muito boa com orações, mas se sentia mais leve quando saiu da igreja, quase com certeza absoluta de que tudo já começaria a melhorar.

Cheia de entusiasmo e da certeza de que estava com sorte, saiu dali, comprou um cachorro quente e se sentou num banco da praça para comê-lo. O burburinho dos turistas a distraiu: como sempre, Berlim estava cheia de gente de todos os lugares do mundo, que ia e vinha em grupos animados e sorridentes. Luna os observava, atenta, tentando identificar de onde vinham e que língua estavam falando. Até que percebeu que também estava sendo observada: sentado no banco mais próximo ao seu, um homem alto e forte olhava e sorria para ela.

Fez uma checagem rápida: barba malfeita, de fios grossos. Isso indicava que seria maior de idade. *Ótimo. Um problema a menos.* Não usava casaco de couro, nem parecia desconfiado ou nervoso ao olhar em sua volta, o que também reduzia a probabilidade de ser usuário ou traficante de drogas ou de estar cometendo algum delito. Luna Sorriu então de volta e levantou seu copo de coca cola como num brinde.

O homem se levantou e veio até ela:

— Aceito! — Ele brincou, tomando o copo de sua mão fingindo trejeitos reais e bebeu um gole da coca cola, sentando-se em seguida a seu lado. *Ousado*, Luna pensou. Estava começando a gostar.

— Já que bebeu do meu copo, agora vai saber dos meus segredos! — Ela brincou, mesmo que um pouco insegura por iniciar uma aproximação assim no meio do dia, no meio da rua movimentada. Mas sentia: ali tinha o dedo do seu anjo da guarda. Finalmente ele havia entendido o recado! Agora, tudo só poderia dar certo!

— Hum, me deixa ver... — Ele se aproximou do rosto dela, estudando-o. Luna não teve como deixar de pensar que aquele era realmente o seu tipo: cabelos meio longos, olhos azuis claros, um sorriso um tanto cínico no rosto, mais de um metro e noventa de altura. Logo ficou vermelha, imaginando-o abraçada a ela, tomando um café com Raphael, enquanto contava que haviam se conhecido por acaso na praça e ficariam noivos em breve. *"Foi como amor à primeira vista. Dividimos um cachorro quente na frente da Catedral de Berlim."*

— Não creio que você tenha muitos segredos. Mas, se tiver, estou pronto para decifrá-los. — Ele a retirou de seu pequeno transe. *Foco, Luna. Calma.*

Ela precisava usar de estratégia.

— Não tenho segredos, mas vamos começar com informações básicas. Meu nome é Luna, e o seu?

— Thorsten. De onde está vindo?

— Eu estou vindo nesse momento da Catedral. Fui fazer uma matéria sobre os concertos de Natal para a rádio onde trabalho. — Ela respondeu e comeu mais um pedaço do seu cachorro quente e Thorsten, desembaraçado, puxou sua mão e comeu um pedaço também. Ela achou graça do seu jeito despojado. *Ousado. Já gosto.*

Ele mastigou devagar, pensativo. Depois disse mais para si do que para Luna:

— Ah, a catedral. Lugar de muita fé. Todas as pessoas que entram lá deixam a sua fé na porta ao sair. Muito luxo para pouca religiosidade.

Normalmente ela não iniciaria um assunto daqueles com alguém em que estivesse interessada, mas pensou que aquilo pudesse ser um teste do seu anjo da guarda. Só podia ser! Ela tinha que saber.

— Você acredita em anjos da guarda? — Foi direta.

— Se eu acredito? Claro! — Thorsten respondeu tão naturalmente que Luna não pode conter o sorriso. Ainda mais quando ele continuou:

— Em todas as crenças existe a figura do anjo. Os católicos acreditam que cada pessoa tem seu próprio anjo da guarda, enquanto os muçulmanos acreditam que cada um pode até ter dois: um para andar à frente e outro para andar atrás.

— Sim! — Luna quis mostrar que também conhecia o assunto. — No judaísmo, por exemplo, há alguns pontos de vista conflitantes: Alguns afirmam que as pessoas não têm anjos da guarda individuais, mas que Deus envia um ou mais anjos sempre que alguém precisa. Outros acreditam que, a cada mitzvah que uma pessoa faz, ganha um anjo da guarda.

— O que as pessoas ainda não entenderam é que o que as pessoas chamam de anjo nada tem a ver com religião. Uma dimensão existe sem a outra, são universos paralelos e a comunicação com os anjos é possível, eu inclusive conheci...

Luna até olhava Thorsten de forma interessada, mas parou de prestar atenção ao que ele falava, perdida dentro dos próprios sonhos. Já imaginava os filhos dos dois enquanto ele continuava a falar. *Será que ele queria ter dois ou mais filhos?* Voltou à realidade quando percebeu que ele tomou seu sanduíche de vez, abocanhando o último pedaço. Ela riu e fingiu dar um empurrãozinho nele:

— Ei, você estava com fome, hein!

Ele sorriu:

— Desculpe Luna, você me pegou. Acabei comendo todo o seu cachorro quente. *Sorry*! Mas olha só, **você** hoje é o meu anjo da guarda. Eu não comia desde ontem.

Hein? Alguma coisa estava errada ali.

— Como assim não comia desde ontem? Está fazendo algum tipo de jejum ou coisa assim? — Luna riu, desconcertada, com medo da resposta.

— Não, ontem foi meio fraco aqui. Recebi umas moedinhas e deu para comprar o almoço. Mas depois disso não deu mais nada. Você tem um euro aí para me ajudar?

Um calafrio percorreu seu corpo inteiro. Não podia ser verdade. Ela tinha que perguntar, mesmo com muito receio e gaguejando:

— Thorsten, você... você por acaso dorme na rua?

— Não. Nossa! Você achou que eu dormia na rua! Não! Tem um abrigo para sem teto ali perto da prefeitura. É ali que eu durmo! E aí? Me dá o restinho da Coca cola?

3

Raphael quase se contorceu de tanto rir quando Luna lhe contou sobre *o mendigo mais lindo do planeta*, ao saírem para um leve happy-hour num barzinho próximo à rádio, onde o mobiliário de madeira antiga e a iluminação fraca contrastavam com os quadros extremamente coloridos nas paredes, os clientes das mais diversas tribos urbanas e a música eletrônica que preenchia o ambiente.

— Você se superou de vez. Dar *mole* para um mendigo?

Ele ria tanto que começou a chorar. Luna não estava achando mais graça nenhuma naquela história, desde o momento em que deixara cinco euros e sua dignidade com Thorsten naquela praça, além da esperança de que as coisas na sua vida amorosa pudessem melhorar.

— Você não entende. Ele não tinha cara de mendigo. Parecia um ator, o Chris Hemsworth, sabe quem é? — Tentou argumentar, mas Raphael não prestava mais atenção, ocupado demais em procurar um lenço para enxugar as lágrimas de riso em todos os bolsos de seu casaco. Luna lhe estendeu um pacotinho de lenços de papel, sempre disposto dentro da bolsa. Raphael enxugou então as lágrimas:

— Sério Luna! Você tem que parar de acreditar que vai achar o cara perfeito num passe de mágica. Primeiro, ninguém é perfeito. Ou melhor: eu sou, mas você não se interessa por mim! — Ele fingiu uma carinha triste e ela riu, dando um empurrão de leve na sua perna.

— Claro que você é perfeito, Rapha! Pena que é meu amigo! E eu te amo!

Raphael, amoroso como sempre, puxou-a para dentro do seu abraço, como fazia tantas vezes, e Luna aproveitou que estava envolvida em seus braços para endereçar um olhar gelado para uma loira alta que, como Luna já havia notado há alguns minutos, estava o tempo todo de olho em Raphael, sentada do outro lado do bar.

Luna sabotava conscientemente o quanto podia a procura de Raphael pela sua cara-metade. Ela temia que, no momento em que ele encontrasse alguém, sua amizade nunca mais fosse a mesma. Mas, ao mesmo tempo, incentivava-o a estar permanentemente à procura de alguém, indo com ela a festas, boates e clubes. Egoismo? Talvez. Nem mesmo ela entendia esse seu lado. Só sabia que Raphael era valioso demais para que pudesse perdê-lo.

Os dois tinham um relacionamento em que Luna parecia sempre dar as cartas: ela decidia o que fariam, os programas e as festas. Raphael estava sempre à disposição, sempre de bom humor, sempre a postos. Luna tinha Raphael como um bom escudeiro há dois anos e não pretendia ceder aquele lugar a ninguém.

Na verdade, no passado, numa noite em que Luna acabou dormindo no apartamento de Raphael, depois de terem exagerado na bebida, ele até fez uma investida e tentou beijá-la. Mas Luna cortou tudo por ali mesmo. Não que não o achasse atraente. Raphael era filho de um alemão e uma italiana, e tinha a mistura perfeita entre os dois países: era de estatura média, os cabelos loiros encaracolados e, ao jeito prático dos alemães, o lado carinhoso dos italianos era uma presença constante na maneira como ele lidava com Luna, além do detalhe dos olhos de cores diferentes, que Luna simplesmente amava. Mas ela considerava Raphael especial e não daria fim à única amizade verdadeira que tinha na Alemanha por causa de uma noite com ele.

Raphael não percebera a presença da loira e, quando saiu do abraço, tomou um gole da sua cerveja e ficou um tempo sério, sem dizer nada. Depois cruzou os braços, mordendo os lábios, nervoso. Luna já conhecia a linguagem corporal do amigo suficientemente para saber que, todas as vezes que ele mordia os lábios daquele jeito, estava prestes a dizer alguma coisa da qual ela provavelmente não iria gostar.

Foi a sua vez de tomar um gole da cerveja e imitar o gesto de Raphael, cruzando os braços:

— Diga Rapha. O que é que está me escondendo? — Pressionou.

Raphael ficou vermelho de uma vez:

— Não estou escondendo nada! — Disfarçou. — De onde você tirou isso?

Luna não afrouxou o cerco:

— Eu te conheço, Rapha. Anda, o que é?

Raphael descruzou os braços, se ajeitou na cadeira, pigarreou. De repente, um calafrio percorreu a coluna de Luna. Ela não esperava que Raphael tivesse nada sério para dizer, mas agora, com aquela reação...

— Luna, você tem razão. Eu queria te contar uma coisa, ele foi finalmente ao ponto, mesmo que um pouco cabisbaixo, evitando olhá-la diretamente nos olhos.

— Espera! — Ela o interrompeu. — Ei, garçom, me traz um vinho tinto seco.

Raphael riu, tentando aliviar um pouco a tensão que havia se formado.

— Calma, a notícia não é tão difícil assim de engolir.

— Estou contando com isso! — Ela disparou, mais nervosa do que queria parecer. — Senão tinha pedido vodca.

Quando o garçom lhe entregou a taça de vinho, ela tomou um longo gole e só então sinalizou impaciente com um bico nos lábios e rolando a mão esquerda no ar que Raphael poderia continuar a falar.

Ele obedeceu. Retomou o tom de voz mais baixo e se concentrou novamente em algum ponto no chão, visivelmente constrangido.

— Sabe o que é, Luna, eu ... É que vou fazer trinta anos e tenho pensando em muitas coisas sobre minha vida... Existem coisas que eu preciso mudar, enquanto eu ainda tenho a chance.

Ele brincava com o seu copo de cerveja e Luna tentava controlar seu nervosismo. Ela não estava gostando do rumo da conversa, por algum motivo que ignorava.

— Hum-hum...— Ela concordava rapidamente, fingindo impaciência com o amigo. Por dentro, tremia. O que quer que fosse, era sério. O medo de perda começava a disparar alarmes em seu coração e, para não mostrar fragilidade, partiu para o ataque, como sempre. — Resolveu então o quê? Vai entrar para um convento. Ou adotar um gato? Ou vai finalmente aceitar a opinião do seu pai e ...

— Eu arrumei outro emprego. — Ele a interrompeu.

Luna arregalou os olhos e se remexeu na cadeira, encarando-o com um meio sorriso no rosto.

— Ah, é isso? Nossa, você me deu um susto! Achei que fosse algo ruim! — Luna disfarçou. — Apesar de você não ter me falado nada antes, eu fico feliz por você — Ela implicou, dando um leve empurrão no ombro de Raphael. Claro que aquela era uma notícia ruim. Eles não estariam mais tão juntos quanto antes.

Ele não sorriu de volta. Ainda não tinha contado tudo. E Luna percebeu isso também, por isso tentou novamente contornar a situação com suas piadas:

— Com certeza você se cansou de passar o dia a meu lado e receber um salário de fome! Vai trabalhar onde, para ter feito tanto mistério e não ter me contado antes que estava querendo sair da Fun Berlim?

Quanto mais ela falava, mais a sua intenção em dispersar a tensão tinha efeito contrário. O semblante de Raphael ficava mais pesado, o que a deixava mais tensa. Ela então foi falando cada vez mais rápido:

— Vai trabalhar na área nobre de Berlim? Ou será que é o mais novo funcionário de elite do governo alemão? Ou será que...

— Nada disso, Luna. Vou trabalhar no La Reppublica! — Ele finalmente disparou. Tão alto que algumas pessoas em volta se viraram para ver o que estava acontecendo. Luna precisou de alguns segundos para processar a informação, até que pareceu aliviada.

— Uau. Que legal! Parabéns! — Ela levantou a sua taça de vinho, mas ele não brindou de volta. — Não sabia que eles tinham uma filial aqui em Berlim. Vai ser ótimo, você vai poder falar italiano várias horas por dia e não só quando telefona para os seus pais!

— Eles não têm uma filial em Berlim, Luna, Raphael disse cabisbaixo. — Vou me mudar para Roma.

Foi como se o chão tivesse aberto e os engolido de uma vez. Raphael contraiu os lábios e tentou segurar a mão de Luna, que instintivamente cruzou os braços. Ela lutava para não parecer uma garotinha contrariada, mas reconhecia que era assim que se comportava muitas vezes. E Raphael não merecia aquilo.

Virando a taça de vinho de uma só vez, ela finalmente reuniu coragem para dizer alguma coisa, mesmo com um sorriso amarelo que demonstrava a quilômetros de distância que ela estava mentindo:

— Não sei por que essa cara de velório depois de uma notícia dessas. Parabéns, Rapha. Tenho certeza de que a proposta foi ótima, para você não ter me dito nada.

Levantando-se da cadeira, se colocou na frente dele e abriu os braços, pronta para abraçá-lo:

— Dá um abraço aqui! Quero te parabenizar!

Raphael abriu os braços e ela se aninhou pela segunda vez naquela noite dentro deles. Raphael era grande, 1,90 cm, e Luna não tinha nem 1,60 cm de altura, de forma que ela quase desaparecia dentro de seu abraço.

Por um instante, sentiu vontade de chorar. Por mais que tivesse achado que dessa vez tudo seria diferente, ela havia se enganado. O ciclo de dois anos se fecharia em breve, como sempre. Só que, desta vez, não era ela que partiria. Mais uma pessoa importante em sua vida tomaria outro rumo.

Ainda abraçada com ele, percebeu que o celular vibrava e aproveitou a oportunidade para disfarçar seu estado de espírito, porque detestava demonstrar fraqueza. Ainda tinha esperança de poder convencê-lo do contrário. Voltou ao seu assento e checou: Era Markus, um ex-rolo, que descobriu ser casado depois que já estava prestes a propor que os dois morassem juntos.

Mostrou o display para Raphael:

— Olha quem está me ligando novamente.

Raphael sorriu, também aliviado por ter outro assunto e a chance de sair daquele momento difícil. Mas ainda havia certo toque de estresse em seu sorriso:

— Outro sucesso da **Luna, desastres amorosos**. O que ele quer com você?

Markus trabalhava no *Reichstag*, parlamento alemão, e era assessor de um peixe grande, por isso, de vez em quando Luna atendia seus telefonemas, tentando evitar ao máximo cair na sua lábia.

Ela fez uma careta e um sinal de que atenderia o telefonema do lado de fora, levantando-se e indo em direção à porta. Por alguns segundos, pensou em sair correndo para casa para finalmente desabar em autocompaixão. Mas ela precisava manter a fama de que era forte e não sairia dali daquele jeito.

— Oi, Markus. Tudo bem? — Ela atendeu a ligação já do lado de fora do bar, um pouco mal-humorada por ter que falar com ele.

— Oi, Luna, estava pensando em você agora. Serei direto. Na semana entre natal e ano novo, nosso deputado estará numa convenção na Baviera, e nosso hotel fica numa montanha sem acesso nenhum à internet, romântico e ideal para um *come back*... O que você me diz?

— Uau, parece perfeito. Já estou imaginando... você e sua esposa se entendendo de novo super bem, tanto que você não precisa pensar em mim para ir com você. — Respondeu, cínica e com raiva de todos os homens naquele momento.

— Pois é, mas minha esposa, aliás, quase ex-esposa, nossa separação é uma questão de tempo, de muito pouco tempo... Ela não tem o charme que você tem, ela não combinaria com aquele lugar como você.

— Ah, vagabunda!

Ela havia parado de prestar atenção em Markus quando viu, pela janela do bar, que a loira havia aproveitado a sua saída e tinha ido falar com o Raphael. *Que atrevida!*

— Como? — Markus parecia chocado, mal acreditando no que havia acabado de escutar.

— Não... Sim... Markus, espera só um pouquinho que eu...

Luna não tinha percebido que, ao ficar de olho na loira dentro do bar, havia dado dois passos para trás na calçada e tinha ido parar na ciclovia. Quando se virou, viu somente uma bicicleta vindo a toda velocidade e se chocando contra ela, lhe atirando ao chão.

Foi muito rápido e, ao mesmo tempo, como se todas as outras coisas tivessem parado no ar, enquanto caía, muito devagar, milímetro por milímetro. Ela constatou, encantada, que havia começado a chover, mas os pingos eram de luz colorida e pareciam flocos de neve. Sua mente tentava achar a resposta naquelas frações de segundo: onde já tinha visto uma chuva de luz mesmo?

Seu coração deu um salto, sentiu um frio na barriga. Aquilo estava realmente acontecendo! Tinha chegado o momento pelo qual havia esperado a vida inteira! **Ele** veio vê-la novamente. Tentou procurá-lo ao seu redor, mas tudo se movia devagar demais, inclusive ela mesma, o que a impedia de olhar em todas as direções, como queria.

Mas não precisou... Quando sua cabeça estava quase atingindo o chão, ela finalmente o viu: lá estava o seu anjo, sentado na calçada logo atrás dela, pronto para apoiar sua cabeça e impedir que ela se chocasse com toda violência no canto da pedra da calçada.

Foram tantos anos esperando por esse momento, ansiando

ver aquele par de olhos de cores diferentes, sedenta de receber de novo aquele sorriso com que sonhou por tanto tempo, que não teve dúvidas. Para a sua e, principalmente, para a surpresa dele, conseguiu movimentar os braços em direção ao seu pescoço, antes que seu corpo caísse de vez na calçada e tudo voltasse ao normal. Em sua mente somente um pensamento: o anjo mudaria seu caminho, livraria sua alma do medo, daria fim à solidão em que se encontrava e ela encontraria também o verdadeiro amor.

Foi aí que ele percebeu que ela realmente o havia enxergado. E se assustou tanto que pareceu estar ocupado demais em entender o absurdo daquele momento: Luna o havia visto e compreendido o que estava acontecendo. E, com a sua distração, a mágica parece ter sido desfeita e o tempo voltou a correr na velocidade normal, assustando ainda mais o anjo, que reagiu instintivamente, abraçando-a.

Esse gesto desencadeou uma nova série de sensações. Luna nem ligou para a dor que sentia. Somente se deixou levar pela beleza do momento, como se houvesse entrado em transe. Fechou os olhos para vivenciar todos os seus sentidos, despertos ao máximo, tão vivos como nunca pudera perceber antes. Ela sabia que existia alguma coisa entre o aqui e o agora, que ninguém via por estar ocupado demais em brincar de viver.

Como se nunca tivesse sido diferente, o som da rua movimentada de Berlim desapareceu. Em lugar do caos de carros, buzinas e motores, uma sinfonia leve, calma e tão emocionante que podia fazer chorar a pessoa mais cética do mundo. E isso não era tudo: o ambiente foi preenchido por um agradável aroma de mel e flores, doce e refrescante. Ela enxergava tudo, mesmo de olhos fechados, e tudo tomava cores e formas que nunca tinha visto.

Lembrou-se da primeira vez que havia visto o anjo e se preparou para o momento de histeria que viria a seguir, assim que ele sumisse e tudo e todos ao seu redor enlouquecessem, como quando tinha sete anos de idade. Sentiu então de uma vez o baque frio da calçada sob as pernas, ouviu o grito da mulher que a havia atingido com a bicicleta. Também escutou o pessoal do bar sair, aos gritos, para ver o que tinha acontecido. Mas nada disso tinha importância para ela, pois uma coisa fora diferente dessa vez: Ela estava agarrada ao pescoço do anjo, podia sentir a sua respiração e ouvir o batimento de seu coração.

Afastou o rosto do seu em tempo de ver seus olhos assustados e desmaiar em seus braços.

Ela havia encontrado o seu anjo.

4

Luna recobrou os sentidos algum tempo depois. Sua cabeça doía tanto que parecia pesar muitos quilos. Instintivamente tentou levar as duas mãos à têmpora, mas percebeu que uma delas estava presa: ela estava recebendo soro. Num instante de confusão mental, olhou em volta para tentar checar a sua situação... As paredes brancas, o ambiente estéril e os aparelhos à sua volta só podiam significar uma coisa: estava no hospital. Mas por que motivo mesmo? Então foi se lembrando pouco a pouco. A calçada do bar, o telefonema, a loira conversando com Raphael, a bicicleta, a queda e...

O anjo! Ela o havia visto novamente e desta vez tinha certeza absoluta disso. Aquilo realmente tinha acontecido! Ela havia tocado nele, havia agarrado o seu pescoço! Nada nem ninguém no mundo poderiam tirar aquilo dela. Durante toda a sua vida havia acreditado e, naquele dia, tinha certeza de que a mágica tinha acontecido.

Pena que tudo tinha acontecido rápido demais. Ela queria poder ter conversado com ele... Havia tantas coisas que gostaria de ter perguntado! Estava tão emocionada que nem pensou nas dores que estava sentindo. Queria rir e chorar ao mesmo tempo, gritar aos quatro ventos que tinha sido premiada pela vida! Mas aquilo não era o tipo de coisa que se falava no hospital, depois de uma batida na cabeça. Resolveu que somente as pessoas certas poderiam ficar sabendo.

E a pessoa certa era Raphael. Procurou pelo seu celular no bolso da calça, mas não o encontrou. Na bolsa, sobre a mesa ao lado da cama, ele também não estava. *Que droga!* Precisava falar com Raphael!

Quando ele apareceu no hospital algum tempo depois, preocupado, ela conteve o quanto pode a ansiedade, esperando a chance de contar. Quando estavam a sós no quarto, ela disparou animada, falando rápido demais, atropelando as palavras:

— Rapha, você não vai acreditar no que aconteceu comigo! Nunca, jamais você vai imaginar o que eu vou te contar!

Ele se sentou na beira da cama, falando devagar, como se imaginasse que Luna não diria nada com nada depois de uma pancada como aquela.

— Eu sei o que aconteceu com você: você foi atropelada por uma bicicleta em alta velocidade, caiu e bateu a cabeça na calçada. Por pouco não foi parar na rua, onde passava um ônibus na hora! Teve muita sorte!

— Não, Rapha, não estou falando disso! Você não está entendendo. O meu anjo da guarda...

— Sim! — Ele a interrompeu — Decididamente o seu anjo da guarda estava lá. Ninguém entendeu como você caiu para o lado da calçada e não da rua. Desafiou as leis da física! — Ele riu, pegando a sua mão, carinhosamente. — Estou tão feliz que está tudo bem com você, Luna.

— **Rapha**, me escuta! — Ela quase gritou, assustando Raphael, que puxou sua mão instintivamente. — Eu **vi** o meu anjo da guarda. Até me agarrei no pescoço dele, Rapha! Eu já o tinha visto uma vez quando tinha sete anos, mas hoje ele apareceu de novo e...

— Tudo certinho? — A enfermeira entrou no quarto, carregando uma maca moderna para encaminhar Luna à sala de exames, interrompendo o assunto. Raphael agradeceu mentalmente por Luna não poder continuar falando. Ele temia que eles a segurassem por mais tempo no hospital, se ela começasse a falar asneiras.

Por sorte, o acidente não havia tido consequências graves. Assim, bem cedo, na manhã seguinte, Luna já tinha sido liberada e Raphael a levou para casa. Ela teve alguns arranhões, mas nenhum osso quebrado. Devido à pancada na cabeça recebeu alguns dias de atestado médico e a recomendação de descanso e cama.

— Pronto! A majestade pode curtir sua licença médica assistindo as suas séries preferidas. — Raphael a ajudou a se sentar no sofá e lhe entregou uma xícara de chá, sob os protestos da acidentada que, apesar do curativo na cabeça e de estar mancando um pouco, estava se sentindo muito bem e achava que não precisava de tanta paparicação.

— Agora chega, Rapha. Estou ótima. Senta um pouquinho aqui comigo antes de ir para o trabalho — Ela abriu um espaço no sofá vermelho espaçoso, o móvel de seu apartamento de que tinha mais orgulho. Mas Raphael só se aproximou para se despedir:

— Eu preciso ir, Luna. Tim não vai ficar nada feliz se eu chegar tarde. Além disso, preciso contar para ele hoje sobre a minha demissão.

Luna quase havia se esquecido. Logo, ela ainda não sabia quando, Raphael não estaria mais ali, tão perto dela, pois se mudaria para Roma. Foi como se um balde de água muito fria fosse derramado ‒ de novo ‒ sobre sua cabeça. Ela não tinha tido tempo de digerir aquele assunto.

— Ah, é mesmo! — Ela tentou disfarçar o desânimo sem sucesso. — Nem conversamos muito sobre isso, não é?

— Não tivemos tempo. Mal te dei a notícia e você já tentou suicídio! — Raphael riu e Luna jogou uma almofada para cima dele como protesto. Mas também riu.

— Não fique achando que minha vida não vai seguir sem você, Rapha. Nem vou mais lembrar que você existe. — O tom de sua voz era firme e sarcástico, porém seu coração doía. — Mas estou feliz por você.

— Claro que você está feliz por mim. Terá onde ficar quando for curtir um fim de semana em Roma! — Ele respondeu, dando um beijo rápido em sua testa e se preparando para sair.

— Espera Rapha. Eu queria continuar te falando sobre ontem! — Luna se acomodou no sofá e Raphael mordeu os lábios, nervoso, imaginando o que viria. Ela continuou:

— Você lembra que eu falei que vi o meu anjo da guarda? Eu preciso te contar tudo!

— Você agora precisa descansar e eu preciso trabalhar. Pode me contar à noite. Eu venho te ver e trago o jantar, okay?

Dando outro beijo na sua testa, Raphael saiu o mais rápido que pode do apartamento de Luna e ela teve certeza de que ele não havia acreditado em nenhuma palavra da sua história. E como poderia? Até ela mesma teria achado estranho se alguém tivesse lhe contado alguma coisa parecida. Tentou fechar os olhos e se concentrar novamente no acontecido. Sorriu sozinha, tentando lembrar em detalhes de todas as sensações, os cheiros, barulhos. Havia vivido um momento muito especial e se sentia também muito especial!

— Ah, anjo da guarda! Dessa vez você não me escapou! — Disse em voz alta para si mesma, tomando mais um gole do chá que Raphael havia feito para ela.

— Oi, Luna!

Ela quase jogou a xícara de chá para cima, com o susto que tomou. Não estava sozinha na sua sala. O seu coração disparou, num misto de susto, medo e surpresa e parecia que ia sair pela boca. Procurou desesperadamente de onde vinha a voz que a cumprimentava e o descobriu, no canto da sala:

— Precisamos *confabular*! — O anjo da guarda se sentou numa cadeira de frente para Luna, ignorando a sua expressão de absoluto espanto. — Preciso que você me ajude a voltar para casa.

5

Luna mal conseguia respirar, absolutamente chocada com a presença do anjo em sua sala. Primeiro pensou estar delirando. Tentou se levantar e correr para a porta: talvez assim ainda alcançasse Raphael e poderia dizer a ele que precisava voltar ao hospital. Depois, quis correr para provar a ele justamente o contrário, que **não** estava louca. Mas sentiu uma forte dor na altura na cintura: a pancada ainda doía bastante.

— Ei, o que você está fazendo? Fique quietinha aí. Não precisa de inquietação por minha causa! — Ele tentou acalmá-la, mas a sua feição não lembrava nem de longe a serenidade que ele demostrara nos dois encontros anteriores. Luna tentou se acalmar, mas gaguejava, nervosa:

— A... É... De... Desculpe. Me a... assustei. Mas... Como... Como pode... O que você está fazendo aqui?

— Ah, Luna. Eu queria te *inquirir* sobre a mesma coisa! — Ele suspirou.

— Será... Mas... eu... será que eu fiquei louca? Você está aí mesmo? — Ela precisava se certificar.

— Sim, eu também achei que estava ficando *mentecapto*, mas estou aqui mesmo. Por isso disse que tenho muitas perguntas.

— *Você* tem muitas perguntas? — A voz dela voz soou muito mais aguda do que intencionava.

— Sim, claro que eu tenho muitas perguntas. Alguma coisa você fez e me trouxe para o lado de cá. É *supimpa* te ver assim, viva, depois do acidente que por pouco teria te levado. Mas cumpri minha tarefa. Era para eu ter voltado.

Mais estranho do que estar de frente para o seu anjo da guarda materializado na sua sala, era ver que ele estava... *zangado?* Ele falava e falava e Luna observava, fascinada. Tanto que parou de prestar atenção nas palavras, perdida em seus pensamentos. Era como uma mágica poder estar frente a frente com aquele rosto com que sonhara tantas vezes! As covinhas no canto da boca, os olhos heterocromáticos e de um brilho intenso... Era ele mesmo! *Quantos anos será que ele tinha? Pelo seu rosto, aparentava uns 30, mas pelo seu vocabulário... Então...*

— *Ora, bolas,* Luna, isso é sério, preste atenção, por favor!

— Desculpa! Me distraí. Mas... Ei! Você consegue ler meus pensamentos? Ai meu Deus, me esqueci disso! Desculpe! — Ela tapou o rosto com as duas mãos, envergonhada.

— Não. Quero dizer... Sim. Eu **conseguia** ler seus pensamentos, mas agora estou preso aqui nessa forma, sem nenhuma comunicação com o meu pessoal e, além disso...

— Como assim, **preso**? O que aconteceu? Você não está em *formato* de anjo? Porque eu nunca te vi de outra forma. Ai meu Deus, que loucura! Se eu contar ninguém acredita. Aliás, ontem você me deixou cair, já esteve em melhor forma, hein? Não é que eu seja mal agradecida, mas, de fato, na primeira vez que eu te vi, você pelo menos...

Ele levantou o indicador direito, intencionando alguma coisa que visivelmente não deu certo, por isso fez sinal com as duas mãos, interrompendo o falatório de Luna. Ela tendia a falar ininterruptamente em momentos de excitação. Ele a conhecia bem.

— Um momento, Luna. Precisamos conversar com muita calma. Preciso da sua total concentração, *sacou?* Eu sei que você está *grilada* e não está entendendo *patavinas*, mas sem *balelas* nós vamos conseguir avançar um pouco.

— Okay. Okay, concentração. Uau! Estou de frente para meu anjo da guarda, sentado normalmente na minha sala! Vou surtar! — Ela deu um gritinho agudo de excitação, batendo três palmas diante de si mesma e rindo nervosamente.

— Sim, eu entendo que você esteja *serelepe*, mas a ficha vai cair. Apesar desse *colóquio estapafúrdio*, isso é real! — O anjo exclamou, desanimado.

— É... tem uma coisa... Você precisa ajustar um pouco seu vocabulário. Eu não consigo te entender. Suas gírias estão um pouco, digamos, ultrapassadas. — Ela passou a mão pelos cabelos, constrangida.

Foi a vez dele se sentir envergonhado.

— Desculpe, não costumo interagir verbalmente com meus clientes. Por isso não encontrei ainda o tom certo para nossa conversação.

— Então se esforça, porque falando desse jeito parece que você tem 185 anos e está preso num corpinho de 30. — Ela sorriu, um pouco mais à vontade, apesar do absurdo da situação que se desenrolava à frente dos seus olhos.

— Vou tentar, Luna. Prometo!

— Então vamos lá. Como foi que isso tudo aconteceu, anjo da guarda?

Ele quase deu uma gargalhada:

— *Anjo!* Isso sim é brega. É como se você chamasse o policial de 'senhor mantenedor da segurança' e o professor de 'senhor transmissor de ensinamentos triviais para o dia a dia'. Francamente!

— E posso saber então como a vossa senhoria gostaria de ser chamada? — Luna rebateu no mesmo quilate. Tinha chamado ele de **anjo** sua vida inteira, tinha sonhado com um encontro com ele por mais de vinte anos. E por algum motivo, nada estava tão celestial como ela esperava. E, para piorar, o anjo estava aparentemente de mau humor e... rindo dela!

Ele percebeu que a tinha ofendido e se levantou, indo ao seu encontro e se sentando ao seu lado no sofá:

— Me desculpe, Luna! Essa situação deve ser tão *esdrúxula* para você como está sendo para mim.

— Esdrúxulo é o seu vocabulário! — Ela devolveu na mesma hora, ainda magoada, mas ele sorriu.

— Vejo que você está bem melhor. Voltou a dominar a língua afiada, como faz há mais de 20 anos!

Era estranho pensar que aquele homem sentado ao seu lado era seu anjo da guarda e a conhecia muito bem.

— Okay. — Ela disse mais serena. — Vamos recomeçar decentemente. Como você se chama?

— Meu nome é Hadar. Que estranho! Nunca imaginei que diria meu nome para um terrestre! — Seu lábio inferior tremeu e Luna teve certeza de que a situação também era mais do que estranha para ele também.

— Hadar... nome diferente e bonito! — Ela quis descontraí-lo. Ele sorriu amarelo:

— Ah, tão diferente assim também não. Só no meu departamento conheço outros três com o mesmo nome. E um dos clientes do meu colega de repartição também se chama Hadar. Já trabalhei com ele uma vez.

— Repartição... Cliente... Me desculpe, Hadar. Eu não estou conseguindo entender a estrutura do... quero dizer... Vamos concordar que esse nosso encontro é meio anormal! — Ela disparou, e tentou não ficar encarando demais seus olhos de cores diferentes, perfeitamente enquadrados num rosto que parecia ter sido pintado à mão, de tão bonito.

Ele se levantou. Parecia inseguro.

— Imagino a sua *estupefação*, Luna. Mas nunca soube de um caso desses e não quero quebrar nenhum tipo de protocolo, não sei que tipos de informação posso te repassar.

— Por mim, tudo bem! Vamos com calma. — Ela reparou então que os braços dele eram musculosos, mas não como se ele treinasse numa academia. Eram *naturalmente* musculosos. *Quem não sonhava com isso?*

Hadar sentou-se novamente na cadeira de frente para ela.

— Bom, eu te conheço há muito tempo, disso você sabe.

— Sim, sou sua... *cliente,* desde os meus sete anos de idade.
— Ela deu um meio sorriso.

— Já bem antes disso, mas isso não vem ao caso. Você me viu com seus sete anos terrestres, mas já te acompanho desde que você era um bebê.

Luna ficou corada, porque naquele mesmo momento estava encarando novamente os músculos de Hadar, que se deduziam por debaixo da camisa. Ele era extremamente atraente, anjo ou não. E seu porte lembrava muito a estrutura do corpo de Raphael. Só que, quando ele disse que cuidava dele desde bebê, caiu a ficha. Todos os seus pensamentos sobre sua aparência eram muito, muito errados.

— Sim, okay. Continue! — Ela tentou se concentrar.

— Como dizia, te acompanho há muito tempo. Sei que você tentou contato muitas vezes e queria muito me encontrar. Isso é um desejo natural de poucas pessoas. Nem todo mundo quer encontrar com seu ... como vocês dizem? Anjo da guarda!

Luna ficou curiosa:

— Nós chamamos vocês de anjo da guarda. Mas qual é a denominação que vocês mesmos se dão?

Ele enrugou o nariz de uma forma engraçada:

— Ah, existem muitas denominações, dependendo da região, do departamento, enfim... Na minha repartição, por exemplo, meu cargo é denominado Monitor. No departamento vizinho, trabalham os tutores.

— *Monitor*? Que coisa mais sem graça.

Ele deu de ombros:

— A imaginação e a liberdade de pensamento são fontes criadoras, funcionando como um tipo de combustível para a comunicação entre as duas dimensões. Acreditar é a chave de tudo, Luna. Acreditar torna tudo mais poético e belo.

— Eu sempre acreditei que você estava comigo. — Ela sorriu.

— Exatamente. Tem gente que acredita, tem gente que só tem esperança. Mas uma minoria sonha em encontrar seu monitor. E um número muito menor de pessoas tem a habilidade de ver, enxergar seu monitor na fase adulta.

Luna roía as unhas sem perceber, interessada:

— Isso significa que as crianças podem enxergar os seus monitores?

— Sim, as crianças vivem até os sete anos de idade praticamente entre as duas dimensões. Você me visitou muitas vezes na sua infância. Nós dois nos encontramos frequentemente num lago e num jardim que ficam bem próximos à minha repartição. — Ele sorriu docemente, como se revisitando essa memória.

Foi como se as lembranças voltassem, fortes, também para Luna. Lembranças dos sonhos que tivera na infância, correndo com ele por um jardim repleto de flores que explodiam em diversos tamanhos e cores, de tipos que ela nunca havia visto. Depois ela se lembrou dos sonhos que já tivera na fase adulta e de como acordava com uma sensação maravilhosa de felicidade.

— Ei! Mas eu sonhei com você também já como adulta!

— E é exatamente aí que começou a confusão! — Ele completou. — Algumas pessoas conseguem ir até o monitor na fase adulta, mas até hoje não tinha conhecido ninguém que tivesse tocado nele e o trazido para sua dimensão, e o pior, para a sua forma. — Ele apontou para o próprio corpo.

Luna então esticou o pescoço em sua direção, apontando para o braço musculoso de Hadar com o queixo.

— Você então está de carne e osso, como eu?

— Sim, quero dizer, eu imagino que sim e ... ai! O que foi isso? — Ele gritou. Luna pegou um mata-moscas que estava sobre a mesinha ao lado do sofá e, sem que ele esperasse, acertou uma "raquetada" no antebraço de Hadar.

— Você sente dor! — Ela gritou, surpresa e animada com sua descoberta. Mas ele havia ficado furioso:

— Claro que eu sinto dor, nessa ou na outra dimensão. Não repita esse tipo de teste, por favor! — Reclamou, irritado, afagando o antebraço.

— Eu só queria ter certeza, Hadar. Desculpe. Mas... espere aí! Como é que você chegou e entrou aqui, se está de carne e osso?

Ele apontou para a janela:

— Eu escalei a parede e pulei a janela. Já te orientei várias vezes para não deixar essa janela aberta quando sair de casa, mas você acha que morar no segundo andar te protege de todas as coisas! E como eu cheguei aqui? Andando, ora bolas. Não tinha dinheiro no bolso, nem sei fazer mágica. Como eu ia imaginar que minha cliente ia me **sequestrar** para a sua dimensão?

Luna estava boquiaberta. Sequestro? Não se sentia responsável pela presença de Hadar ali. Não era sua culpa. Ela só havia agarrado no seu pescoço e...

— Desculpe, Luna! Não queria ser grosseiro. Estou desde ontem nessa forma e isso está me afetando. Existe alguma coisa nessa história toda que não se encaixa em nenhum padrão. Normalmente eu já teria sido conduzido de volta, mas nada está funcionando. Além disso... estou me sentindo fraco. Ontem fiquei muito confuso aqui sozinho, estou cansado. — Ele se sentou, esfregou os olhos com as costas das mãos e Luna teve certeza de que, além do absurdo da situação em si, ele estava sofrendo de um mal comum a todos os mortais, todos os dias:

— Venha para a cozinha. Vou mostrar a um anjo porque vale a pena viver nessa dimensão!

A imaginação e a liberdade
de pensamento são fontes
criadoras, funcionando como
um tipo de combustível para
a comunicação entre as duas
dimensões. Acreditar é a
chave de tudo, Luna.
Acreditar torna tudo mais
poético e belo.

6

Hadar comeu três panquecas com Nutella, dois croissants de queijo e estava praticamente mergulhado numa tigela de cereais. Ele recusou as salsichas que Luna colocou à sua frente jurando serem a coisa mais deliciosa que ele poderia provar:

— Carne não dá, Luna. Um dia vocês vão perceber o absurdo que é se alimentar de carne!

— Ih, você vem com esse tipo de conversa agora? — Luna fingiu mau humor, mas ainda estava fascinada com o que estava acontecendo com ela: **ele** estava ali, à sua frente. Havia sonhado com aquilo a vida inteira e o seu sonho havia se tornado realidade: o seu anjo da guarda havia vindo ao seu encontro. E quanto mais olhava para ele, mais semelhanças via entre o anjo e Raphael.

— Incrível! — Ele disse baixinho, olhando-a diretamente nos olhos. Luna se arrepiou:

— O que é incrível? — Luna perguntou, torcendo para que Hadar não tivesse lido os seus pensamentos, já que não admitia nem para si mesma, mas achava Raphael muito atraente, apesar de ser seu melhor amigo.

— Tudo isso que está acontecendo. É extremamente

interessante, mas, ao mesmo tempo, assustador. — Ele sorriu amarelo e abaixou a cabeça.

— Desculpe, Hadar! — Luna foi sincera. — Eu imagino que, se isso para mim está sendo surreal, para você também não deve ser fácil.

— Não há motivos para se desculpar! — Ele estendeu a mão e tocou de leve os dedos de Luna. Só que os dois puxaram a mão violentamente, surpresos e assustados. O toque havia produzido uma espécie de choque elétrico em ambos.

— *Carambolas!* O que foi isso? — Hadar quase gritou. Luna soltou um meio palavrão, que foi encoberto pelas *carambolas* de Hadar que, no vocabulário de 1800, deveria ter quase o mesmo peso do palavrão da moça.

— Você sentiu o choque também? — Ela perguntou, assustada, ainda segurando os dedos com a outra mão. — O que será que pode ter causado isso?

— Não tenho a menor ideia. Nunca senti isso antes! Será que...

Antes que Luna pudesse antever o que viria, Hadar levantou-se de uma vez e tentou segurar o seu ombro, mas o choque foi tamanho que o lançou para trás e a derrubou da cadeira. Ela gritou de dor e ele ficou imobilizado primeiro por alguns instantes, até que veio na sua direção, com a intenção de ajudá-la a se levantar:

— Desculpe, Luna, você está bem?

— Não encoste em mim! — Ela gritou, histérica, ainda com as pernas para cima, mas morrendo de medo de levar outro choque daqueles.

— Calma, eu não vou tocar em você outra vez. — Hadar deu dois passos para trás, assustado com a reação de Luna e desconcertado por não poder ajudá-la.

— Parece que não podemos tocar um no outro. — Ele concluiu.

— Ah, sério? Eu ainda não estou convencida.

Luna se ajeitou e se sentou novamente, com dores e mau humor, e respirou fundo:

— Da próxima vez me avise quando achar que teve uma ideia incrível!

Hadar começou a andar pela cozinha, nervoso.

— Preciso entrar em contato com outros monitores. Preciso dar um jeito de sair dessa dimensão. Esse choque não é um bom sinal. Isso não vai acabar bem para nenhum de nós!

Mais calma, Luna tentou ser menos rabugenta:

— Vocês não têm uma espécie de telefone celular, smartphone, algum instrumento de comunicação?

— Não precisamos disso e… ah, quase havia me esquecido! — Hadar levou a mão ao bolso da sua calça e tirou de lá o smartphone de Luna, colocando-o cuidadosamente sobre a mesa.

— Meu telefone! Bem que senti a falta dele — Luna apanhou o aparelho de uma vez, já começando a digitar alguma coisa. — Quero ver a cara do meu pai quando eu contar o que está acontecendo!

— Não, Luna, não faça isso! — Hadar já ia tocando nela novamente, quando freou o seu impulso. Luna também se assustou com o "quase" toque. Ele continuou:

— Não acho que seja certo falar com ninguém. Ainda não entendemos como aconteceu e como posso voltar.

Luna largou o celular sobre a mesa.

— Você tem razão. Além do mais, meu pai nunca acreditou em mim. — Suspirou, desanimada.

— Precisamos nos concentrar num jeito de me levar de volta para a minha dimensão.

Luna se levantou devagar da sua cadeira e foi até a geladeira, de onde retirou um litro de leite e encheu um copo para si:

— Mas seria tão ruim assim passar um tempo aqui? Você acabou de chegar e já quer ir embora! — Ela estava quase ofendida com a pressa de Hadar.

— Não me entenda mal, Luna. — Ele foi para perto dela e a encarou novamente, seus olhos quase perfurando os dela de tanta intensidade. Involuntariamente ela pensou novamente em

Raphael.

— Eu sei que você tinha muitas expectativas em me encontrar. Que você alimentou esse sonho há muito tempo. Fico sinceramente lisonjeado com isso. — Ele sorriu e Luna desmoronou por dentro.

— Por que você tem um olho de cada cor? — Ela quis saber.

— Eu tenho um olho de cada cor? — Hadar parecia surpreso.

— Ué, você não se olha no espelho?

Hadar sorriu:

— Sim, mas não vejo a mesma coisa que você.

Como Luna fez uma cara de quem não tinha entendido nada, ele continuou:

— Minha aparência é assim porque é agradável para você. Eu quase sou um produto da sua fantasia.

Boquiaberta, Luna admirou novamente o contorno dos braços naturalmente musculosos de Hadar, a boca perfeita, os olhos heterocromáticos. Ele continuou:

— Vocês não imaginam a força que os seus desejos e pensamentos têm. De maneira simplificada, poderia dizer que tudo o que você vê é resultante do que quer ver, seja isso positivo ou negativo, belo ou feio, produto dos seus sonhos e dos seus medos.

— Olha... — Ela se concentrou para não deixar escapar de sua mente para os seus lábios nenhuma besteira. — Eu hoje admiro tipos... com a sua consistência física... Mas eu tinha sete anos de idade quando te vi assim pela primeira vez! — argumentou. — Impossível a minha fantasia ter se ocupado com músculos naquela época!

Ele olhou para os próprios braços, como se estivesse vendo os músculos pela primeira vez:

— Na verdade, você já havia me visto muitas outras vezes sob outras aparências, mas registrou essa aqui, por um motivo especial, sobre o qual eu não posso falar. Aliás, se tudo corresse bem, não estaríamos nem tendo essa conversa.

Luna percebeu então que o aparelho celular vibrava sobre a

mesa. Checou o display. Era Raphael. Fez então a Hadar um sinal com o indicador, mostrando que atenderia a ligação. Ao que ele respondeu positivamente com um aceno com a cabeça.

— Oi Rapha. Já está no trabalho? — Ela quis parecer natural, ao mesmo tempo em que queria poder gritar *Meu anjo da guarda está aqui na minha frente, eu não estava louca!*

— Oi, Luna... Você encontrou o celular? Eu liguei só para tentar fazer contato, caso alguém o tivesse encontrado. Que coisa boa!

— Pois é, encontrei sim. Estava desligado num cantinho escondido da bolsa. Loucura, né? — Mentiu.

— Enfim, é uma boa notícia. Você quer que eu leve comida asiática ou uma pizza depois para o jantar?

Luna havia praticamente esquecido que Raphael combinou de vir até ela depois do trabalho. Hadar havia escutado o que Raphael havia dito e fez um sinal negativo com a cabeça. Raphael não podia vê-lo de maneira alguma.

— É... Rapha, sabe o que é? Eu gostaria de ir dormir mais cedo, não precisa passar por aqui. Além disso, estou sem fome, porque comi umas panquecas... pode ir direto para casa, não se preocupe!

— De jeito nenhum, Luna. Faço questão de passar aí. Você sabe que eu tenho a chave, então eu dou uma olhadinha se você está precisando de alguma coisa. Se você estiver dormindo, eu deixo você em paz.

Ela conhecia Raphael. Sabia que nada faria com que ele desistisse de vê-la. Precisava pensar rápido.

— Obrigada, Rapha... Mas... sabe o que é? Okay, vou ser sincera com você. Eu conheci uma pessoa na semana passada... não quis te falar nada porque não é nada sério. Acontece que ele ficou sabendo do acidente e me ligou. Enfim, ele vai dar uma passadinha aqui hoje e me trazer um lanche. Não queria te preocupar. — A mentira veio tão rápido que até mesmo ela se assustou, fechando os olhos e cerrando os lábios, nervosa, torcendo para que Raphael acreditasse.

Raphael ficou calado por alguns instantes do outro lado

da linha. Luna conhecia seu amigo muito bem. Contava já com a explosão de raiva dele, que, com certeza, diria que ela estava louca, que tinha acabado de sofrer um acidente e batido a cabeça, que não podia deixar uma pessoa praticamente desconhecida entrar sob essas condições no seu apartamento.

Mas qual não foi sua surpresa, quando Raphael finalmente reagiu:

— Tudo bem, então. Nos falamos amanhã. Um beijo e divirta-se com o seu novo... enrolo.

7

Hubertus terminava a sua pausa matinal tomando uma xícara de chá branco com flores de cerejeiras e tamborilava animadamente com os dedos ao som de uma banda de música celta. O fato de escutar música terrena logo pela manhã mostrava que ele estava de bom humor. Não era por menos: faltavam somente poucos dias para a sua aposentadoria, depois de bem servidos 35 mandatos, que na contagem terrestre equivaleriam a 196 anos de trabalho.

Estava feliz, pois as estatísticas do seu departamento eram positivas, apesar dos tempos difíceis que se sucediam em todo o mundo, depois de alguns momentos de calmaria, mas de turbulências psicológicas e políticas que eram um desafio principalmente para os monitores mais novos. Embora tudo isso nem de perto lembrasse os terríveis anos das guerras mundiais na sua área de atuação geográfica, a Extensão Ocidental Leste Quadrante 45 (conhecida como EOL 45), que abrangia toda a parte nordeste da Alemanha e grande parte da Polônia.

Depois daqueles terríveis anos de muitas derrotas para o departamento, a superintendência investiu pesado no treinamento dos seus monitores. Houve até a implantação de um período de estágio obrigatório na terra, política que Hubertus e boa parte dos orientadores abominavam, mas que na época encontrou grande ressonância entre os monitores. No entanto, com uma ação política em conjunto com outros departamentos, como o de Transferência Tecnológica e o de Desenvolvimento para a Educação Ecológica, Hubertus conseguiu liderar o movimento que derrubou o seu antecessor e culminou na posse do cargo que agora ocupava.

Apesar do desgaste político, Maxim, o derrotado na disputa política, cedeu o cargo sem estardalhaço nem rancores, apesar da oposição de muitos monitores da época, que até iniciaram uma espécie de rebelião contra os diretores, em protesto ao fim do estágio obrigatório. O argumento dos monitores protestantes era de que a diretoria da EOL 45 estava se afastando do seu objetivo principal, que era o da aproximação e proteção dos clientes. O grupo de militantes se chamava "Precisamos de mais humanidade", que também era o *slogan* dos revoltados.

Juntamente com a perda do cargo de Maxim, a supressão do estágio obrigatório trouxe outra consequência: qualquer tipo de materialização na terra tornou-se proibida e qualquer espécie de desobediência deliberada a essa norma seria considerada como uma deserção.

Como é de se esperar daqueles que os terrestres chamam de anjos, Maxim acalmou os rebelados e ainda passou a trabalhar sob o comando de Hubertus como um dos seus orientadores. Sob a administração de Hubertus, o Departamento Independente de Proteção Individual (DIPI) da EOL 45 se fortaleceu e a rebelião foi esquecida. Assim, Hubertus podia se dizer contente por ter cumprido a sua missão e poder, finalmente, apreciar a sua aposentadoria. Os primeiros planos eram longas férias em Júpiter, onde pretendia visitar amigos e respirar, pensando nos próximos projetos. Mas para isso, tinha uma eternidade.

Uma das grandes conquistas da sua administração era o controle via conferência telepática diária com os 10 orientadores, responsáveis diretos pelos 230 monitores que atuavam na sua jurisprudência. Por isso, Hubertus estranhou quando escutou a voz de Maxim à porta do seu escritório.

— Maxim! Entre! Não vejo você pessoalmente há mais de três mandatos! Deixe-me abraçá-lo! — Exclamou, imaginando que a visita inesperada fosse para cumprimentá-lo pela aposentadoria.

O velho Maxim sorriu e veio ao seu encontro, envolvendo Hubertus num abraço cordial, cheio de tapinhas nas costas das duas partes.

— Quase 17 anos terrestres sem nos vermos, meu velho amigo!

Hubertus sinalizou para que Maxim sentasse, ao que ele atendeu prontamente. Levantando o indicador levemente em direção ao dispositivo que reproduzia a música celta, ele fez com que a melodia imediatamente fosse interrompida. Rodopiando logo em seguida o dedo polegar, acionou um serviço remoto, fazendo com que uma espécie de holograma, representando um cardápio, aparecesse à frente de Maxim, que, com o mesmo movimento, fechou o holograma educadamente.

— Não, Hubertus, obrigado pela cordialidade, mas não quero comer nem beber nada. Minha visita é de cunho administrativo.

Hubertus descansou o queixo na palma da mão. Uma visita pessoal de Maxim não podia ser bom sinal.

— Pois não, velho amigo. Mas não me traga notícias ruins a poucos dias da minha aposentadoria! — Ele sorriu, mas Maxim não retribuiu ao sorriso. A situação era séria.

— Vou direto ao assunto. — Maxim se endireitou no assento antes de soltar a bomba:

— Um dos meus monitores foi materializado pela cliente, ao que tudo indica, completamente alheio à sua vontade. Mas algum tipo de bloqueio impede a nossa atuação. Estamos certos – quase 100% – de que não se trata de deserção e sim de uma espécie de sequestro. Não conseguimos trazê-lo de volta. Ele está incomunicável.

Hubertus empalideceu. Sua boca formou uma linha dura. Respirou fundo.

— Quanto tempo ele ainda tem, até que seja irreversível?

— Pelos meus cálculos, ele tem ao todo sete dias terrenos. 168 horas. Acho que você terá que cancelar a aposentadoria por enquanto, pois já se passaram 30 horas.

8

Hadar, que não tinha dormido durante toda a noite, concordou, depois de hesitar bastante, em tirar um cochilo na cama de Luna. Ele não conhecia essa sensação e brigou até o último instante com o sono, até que se rendeu. Luna aproveitou para, mesmo mancando, procurar numa loja da vizinhança alguma outra coisa que ele pudesse vestir, pois estava usando uma calça e uma camisa brancas de tecidos muito finos, além de sandálias que deixavam seus dedos à mostra – tudo muito inapropriado para o mês de novembro na capital da Alemanha.

Era praticamente um milagre que a polícia não tivesse feito uma abordagem na noite anterior, pensando que ele fosse um paciente fugitivo da ala psiquiátrica de um hospital municipal. Mais sorte ainda que ele não tivesse sido visto escalando o prédio e entrando no apartamento de Luna.

Como ela já havia comprado roupas algumas vezes junto com Raphael, tinha uma ideia do tamanho que deveria trazer para Hadar. Eles tinham quase o mesmo porte físico, mas Hadar tinha alguns centímetros a mais de músculos nos braços e nas coxas.

Minha fantasia está de parabéns ao criar uma imagem

assim para o meu monitor, pensou enquanto pagava a conta e embrulhava o conteúdo das suas compras: uma calça, uma camisa, um par de meias, um casaco e uma cueca. Riu sozinha ao caminhar de volta para o apartamento. A situação era absurda. Mas excitante. De certa forma, ela se preparara a vida toda para aquele momento e ele finalmente acontecia. Pensou na sua avó e em como daria tudo para que ela soubesse do que estava acontecendo naquele momento.

Sentia a sua falta: ela havia falecido há cinco anos e Luna levou bastante tempo para se reequilibrar depois da sua morte. Sua avó sempre fora o ombro para onde corria depois de alguma desilusão, em momentos de tristeza e alegria. *Ah, se ela pudesse ver que tinha tido razão!* Que estava predestinada a encontrar o seu anjo e que ele, segundo suas próprias palavras, mudaria o seu caminho. O momento havia chegado.

Aliás, precisava conversar mais com Hadar sobre o seu futuro. Ele não podia voltar antes de dar um jeito na sua vida. Ou será que **ele** era a mudança no caminho prevista pela sua avó? Enrubesceu ao se lembrar de filmes como "Cidade dos Anjos", que tratam da história de amor entre um anjo e uma mortal. *Será?* Quando chegasse em casa, procuraria na internet uma lista de filmes sobre anjos que acabaram "caindo" do lado de cá. Quem sabe, no meio daquela baboseira romântica, não haveria alguma informação que prestasse?

Subiu as escadas do prédio pulando os primeiros degraus, de tanta euforia. Mas logo a dor nas costas e nas pernas a lembraram de que teria que ir devagar, mesmo estando bastante animada. Ela tinha consciência de que era uma sonhadora. E que criava muita expectativa com coisas que só aconteciam dentro de seus pensamentos. Porém nem na sua mais insana fantasia poderia imaginar o que estava vivendo agora.

Abriu devagarzinho a porta da sala e caminhou na ponta dos pés até o quarto, espiando Hadar. Ele dormia como um anjo, pensou. E riu do próprio pensamento. Como havia dispensado Raphael, e a comida que ele traria, tratou de planejar algo para o jantar de logo mais tarde. Até pensou em fazer um cardápio com *macarrão cabelo de anjo* como prato principal, *papo de anjo* como sobremesa e como drinque um *xixi de anjo*. Só como uma leve provocação.

Mas imaginou que o humor de Hadar poderia não bastar para que entendesse a piada. Afinal, se aquilo tudo estava sendo maravilhosamente excitante para ela, não havia nada de muito vantajoso para Hadar em estar preso nessa dimensão.

Antes de dormir ele havia contado da dificuldade em caminhar na noite anterior. Era a sua primeira experiência num corpo terrestre e o "veículo" carnal era absurdamente estranho para ele. Além disso, sentiu frio pela primeira vez, como também cansaço e fome.

Mas agora ele estava ali, dormindo tranquilamente na sua cama.

Quem sabe, quando ele acordar, talvez tenha recebido alguma inspiração de como proceder? Afinal de contas, se tudo que ele contou for verdade, o seu "departamento" não iria abandoná-lo à própria sorte.

Decidiu-se, então, por uma sopa de legumes, umas das melhores receitas da sua avó, que também era vegetariana. Lembrou-se que em algum lugar tinha um caderno com anotações que a própria avó havia feito para ela, há 13 anos, quando havia saído da casa dos pais em São Paulo para a sua primeira permanência no exterior. Vasculhou uma caixa empoeirada dentro do seu armário e sorriu ao tocar no velho objeto, carregado de tantas doces lembranças.

"Cuide-se bem, meu tesouro. Cuide do seu corpo e da sua mente, não se esqueça de que sua a vida é finita!". Luna releu a dedicatória que sua avó havia escrito na primeira página. Lembrou-se da emoção ao receber como herança aquele caderno de receitas que, por muitas vezes abraçara como se pudesse, dessa forma, estar novamente perto de sua avó. Em diversas páginas, além de receitas de pratos deliciosos, ela havia escrito recadinhos muito carinhosos, e reler aquelas linhas trazia de volta o aconchego do colo da sua avó Magnólia, que tanto amara e de quem tanto sentia falta.

Seus pensamentos foram afastados para longe quando Hadar apareceu na cozinha, esfregando os olhos e abrindo a boca num bocejo:

— Nossa, eu não dormia assim há, no mínimo, quatro mandatos! — Garantiu, com um semblante menos estressado que antes da soneca.

Luna sorriu, preferindo não perguntar o que seriam mandatos, e enxugou discretamente uma lágrima de saudade, antes que Hadar notasse.

— Então deve ter acordado com fome. Já vou preparar uma sopa leve e *celestial* para você, o que acha? — Ela não conseguia deixar de fazer um trocadilho. Era mais forte que ela.

— Oh, não precisa. Não por mim! — Hadar assegurou, esfregando a própria barriga, ainda satisfeito pelas panquecas da manhã. — Mas você precisa se alimentar. Tem que parar com essas ideias mirabolantes de *zero gordura, foco e fé*. — Ele entoou as últimas palavras imitando a voz e o jeito de Luna, e o modo como ela murchava a barriga olhando no espelho quando ia treinar na academia, gesto que Luna reconheceu imediatamente.

— Ei, isso não é politicamente correto! — Ela fez primeiramente uma careta de desaprovação, para depois soltar uma sonora gargalhada, jogando para cima de Hadar o pano de pratos que estava sobre a mesa:

— Não acredito que você está rindo de mim, usando coisas que eu falo em sigilo para mim mesma! Isso deve ir contra algum código de conduta!

— Eu nunca disse que era um anjo! — Ele revidou, atirando o pano de volta e sorrindo, mas acidentalmente tocou de leve os dedos de Luna. Apesar de recuar quase que imediatamente, não conseguiu evitar um pequeno choque elétrico.

Ambos puxaram as mãos assustados e pararam imediatamente de rir.

— Isso é muito, muito esquisito! — Luna sacudia os dedos no ar, como se pudesse desfazer dessa forma a sensação desagradável do choque que acabara de sentir.

Hadar se levantou e começou a caminhar pela cozinha, pensativo. Ele precisava se concentrar, precisava tentar pensar em alguma forma de comunicação com os superiores ou com os colegas. Pensou em Maxim, seu orientador e, por alguns segundos quase teve a certeza de que ele sabia o que estava acontecendo e faria algo para ajudá-lo.

Luna se compadeceu do estado de preocupação de Hadar. Queria ajudá-lo.

— Eu não sei, Hadar, pode ser que eu esteja falando besteira, mas, nesse tipo de situação, é preciso pensar de forma prática.

— Estou tentando, Luna. — Ele suspirou, desanimado.

— Você é um anjo de alguma forma, não é? Porque não pede ajuda do seu *chefe*?

Hadar fechou os olhos por um instante e sorriu, balançando a cabeça, como se tivesse ouvido uma infantilidade que, de tão simplória, até era meio "fofa":

— Eu faria isso, Luna. Mas estou sem comunicação com o meu departamento e mesmo com as minhas chamadas telepáticas para...

Ela o interrompeu:

— Não estou falando do seu chefe direto, do seu *chefinho*. Estou falando do chefão, o big boss, dono da *coisa* toda, o chefe dos chefes. Estou falando de...Deus!

Hadar deu uma risada amarga, balançando a cabeça negativamente.

— Luna, eu já te disse que não sou esse tipo de anjo que você conhece da literatura religiosa. Eu não sento do lado direito de Deus. É um pouco complicado explicar. — Ele se sentou novamente diante dela. — Nosso trabalho existe independente de religiões ou crenças; é outra dimensão, Luna.

— Não me importa. Todas as grandes religiões citam os anjos e... — Interrompeu de repente a frase, pois, como se um clarão a iluminasse, ela se lembrou da última vez que ouvira aquilo:

— É claro! Ele falava disso o tempo todo! — Luna deu

um gritinho animado e bateu palmas três vezes no ar, como se tivesse acabado de resolver uma charada.

— Quem? De quem você está falando, Luna?

— Estou falando de Thorsten! Meu Deus! É claro que ele vai saber o que podemos fazer!

Hadar não conhecia nenhum Thorsten envolvido com Luna nos últimos tempos e deu de ombros. Luna explicou:

— Thorsten é um mendi... uma pessoa com quem conversei outro dia a respeito de anjos! Ele falou em dimensão de anjos, em comunicação com eles, e estava me dizendo que conheceu um, eu acho... Nesse momento da conversa eu não estava prestando muita atenção. — Luna enrubesceu ao lembrar-se que fantasiava um futuro com Thorsten exatamente naquele momento da conversa.

Hadar parecia interessado:

— E podemos falar com ele agora?

— São mais de oito horas da noite, dificilmente encontraremos ele por lá. Mas amanhã cedinho, depois do café da manhã, podemos encontrá-lo no seu... trabalho.

— Está certo! — Hadar concordou, mais animado. — Estou com um pressentimento de que ele vai nos ajudar. E uma coisa já posso te garantir, Luna: nós **sempre** devemos confiar nos nossos pressentimentos.

9

Raphael teve que se esforçar muito para não discutir com Luna quando ela o dispensou, na noite anterior. Era ela quem tinha sofrido um acidente, mas era ele quem estava quebrado, destroçado por dentro.

No fundo, sentia raiva. Raiva de Luna por ser tão ingrata com ele, apesar de tudo o que ele sempre fazia por ela, o tempo todo. Raiva de si mesmo, por deixar que Luna fizesse gato e sapato de si, por tanto tempo. Raiva, porque, menos de 24 horas depois de deixar o hospital, ela tinha um encontro com alguém praticamente desconhecido, dentro de casa. Raiva por desejá-la, por não ter controlado o seu coração quando ele começou a dar os primeiros sinais de rebeldia contra a amizade e a favor de um "algo a mais".

Raphael queria esse algo a mais que Luna não queria. Não com ele.

Ele sonhava em criar coragem e dizer a ela que a amava, não só como amiga. Queria romper aquela linha tênue da cumplicidade dos dois, tomá-la nos braços e beijá-la. Ela era a mulher com quem ele queria envelhecer. Era com ela que queria construir a família com quem sonhava.

Quando a situação chegou num nível insuportável, quando percebeu que nada mais o traria de volta daquele mundo de insatisfação em que se enfiou desde o momento em que admitiu para si mesmo estar apaixonado pela melhor amiga, ele resolveu recuar. Precisava parar de conviver com ela antes que fosse tarde demais. Ele reconhecia: era um covarde, que preferia fugir a ter que encarar o risco de perdê-la, mesmo que a consequência disso fosse justamente ficar sem ela.

Não suportaria ver Luna se relacionando com outra pessoa. Não aguentaria vê-la fazendo parte da vida de outro alguém. Por isso, antes que isso acontecesse, deu um jeito de conseguir um emprego fora do país. Assim, teria mais chances de esquecê-la. E viver, quem sabe, outra história, onde outra mulher poderia preencher o vazio que reinava no seu coração, no lugar reservado para o amor de Luna.

Tinha ido longe demais. Devia ter se afastado antes que ela tivesse se transformado na razão pela qual ele se levantava todas as manhãs. Devia ter deixado de vê-la desde que percebeu que cada minuto ao seu lado era como ganhar na loteria, e que, quando dormia, sonhava com seu sorriso, com seu carinho e com a sua voz a lhe dizer que sentia por ele a mesma coisa que ele sentia.

Talvez a distância o impedisse de fazer coisas idiotas como a que fazia naquele instante: tinha juntado todas as forças para não dar a perceber do seu ciúme na noite anterior e lá estava ele, outra vez, batendo à sua porta pela manhã, com uma caneca de cappuccino e seus Donuts preferidos. Para isso, teve que emprestar a sua bicicleta novíssima (e caríssima – havia custado três mil euros) para um velho conhecido que trabalhava no Brammibals Donuts no bairro de Prenzlauerberg, em troca de uma sacola com seis Donuts antes das oito da manhã, já que a loja só abria às 9 h.

Mas valeria a pena: Raphael sabia o quanto Luna amava aqueles Donuts, principalmente o *lemon poppy seed* e *salted caramel hazelnut*. Trouxera por isso dois de cada um desses e dois novos sabores para que ela provasse.

— Olha quem eu trouxe para te desejar bom dia! — Foi a frase que Raphael tirou da manga enquanto sacudia a sacola em frente ao rosto amassado de Luna, que abria a porta com menos euforia do que ele havia imaginado.

— Oi, Rapha... obrigada! Nossa, não precisava ir tão cedo a Prenzlauerberg. — Ela retrucou ainda na frente da porta semifechada, impedindo que Raphael entrasse ou olhasse para dentro do apartamento. Isso só podia indicar uma coisa: ela não estava só.

Em outra ocasião, ele deixaria as coisas como estavam, entregaria a sacola e voltaria para o buraco da sua frustração. Mas não naquele dia. Por algum motivo, seus genes 50% italianos resolveram assumir a situação. Antes que ambos se dessem conta de como, ele entrou com delicadeza e rapidez no apartamento, sem ser convidado.

— Como passou a noite? Está com algum tipo de dor? —Ele disfarçou, esticando o pescoço em direção ao quarto de Luna e varrendo com os olhos o que podia ver do apartamento. Naquela altura, Luna já sabia que ele sabia. Não disfarçou mais. Fechou a porta atrás de si, respirou fundo e encarou Raphael:

— Rapha, eu não estou sozinha. Mas não é do jeito que você está pensando e...

Raphael fingiu estar encabulado, cobrindo os olhos com uma mão:

— Oh, Luna, por favor, me desculpe! Não imaginei que você fosse passar a noite com alguém menos de 24 horas depois de ter deixado o hospital, após sofrer um acidente. — Tarde demais, ele havia derramado sua amargura no tapete da sala de estar.

Luna coçou a cabeça, encabulada e com raiva. Ela não devia nenhuma satisfação a ele, mas, ao mesmo tempo, queria de alguma forma prestar contas a Raphael:

— Como eu estava tentando dizer, não é o que você está pensando e...

— Bom dia, Raphael. É um prazer te conhecer! — Hadar adentrava a sala, estendendo a mão para Raphael, um sorriso estampado no rosto e o peito nu, vestindo somente uma calça de moletom velha e pequena demais para o seu tamanho. Decididamente, era uma calça de Luna.

Raphael arregalou os olhos, incrédulo. Não estendeu a mão de volta, fazendo com que Hadar recolhesse a sua. Mas o sorriso continuava lá, persistente em seu rosto, contrastando com o olhar gélido de Raphael:

— Oh, me desculpe. Não queria de forma alguma atrapalhar qualquer coisa. — Um turbilhão de sentimentos fervilhava na sua cabeça.

Luna queria que o chão se abrisse e ela fosse enterrada. Levou as duas mãos fechadas num punho à frente da boca, nervosamente. E se sentou, prendendo os pés ao redor das pernas da cadeira. Hadar também se sentou:

— Você não atrapalhou nada, Raphael. Eu e Luna já estamos acordados há muito tempo.

Luna queria que aquele buraco, onde já queria ter se enfiado segundos atrás, levasse Hadar também.

O rosto de Raphael foi ficando mais vermelho do que ele gostaria. Por isso resolveu que o melhor a fazer seria sair de cena rapidamente, antes que revelasse o seu ciúme.

— Bom, de qualquer forma, não quero incomodar. Só passei para deixar... só queria deixar esses Donuts aqui. E o cappuccino. E já estou de saída.

Deixando o pacote dos Donuts sobre a mesa, Raphael se apressou para sair, de cabeça baixa, evitando olhar para Luna:

— Um bom dia para vocês e nos falamos numa próxima vez. Tchau, Luna.

— Espera, Rapha...

Mas era tarde demais. Raphael praticamente saiu correndo corredor afora, sem deixar a Luna o tempo para explicar ou contar mais nada. Que idiota tinha sido! Estava morto de ciúme. Que reação descontrolada tinha sido aquela? Se quisesse manter sua paixão escondida até se mudar para a Itália, tinha que evitar cenas como aquela. E se os dois estavam tão íntimos assim em tão pouco tempo, ele tinha que sair da vida de Luna mais cedo do que esperava.

Mas, já na calçada, uma questão o atingiu de repente como um raio: como é que aquele brutamonte sabia seu nome?

Devia ter se afastado antes que ela tivesse se transformado na razão pela qual ele se levantava todas as manhãs. Devia ter deixado de vê-la desde que percebeu que cada minuto ao seu lado era como ganhar na loteria, e que, quando dormia, sonhava com seu sorriso, com seu carinho e com a sua voz a lhe dizer que sentia por ele a mesma coisa que ele sentia.

10

Thorsten estava sentado no chão sobre uma espécie de canga de praia, ao lado da Catedral de Berlim. Ele lia um livro sem se importar muito com o vai e vem das pessoas à sua volta. À sua frente descansava um prato de metal com algumas moedinhas, onde, de vez em quando, alguém arremessava 10 ou 20 centavos.

Muitas pessoas nem notavam a sua presença ali, apesar de Thorsten ser um homem extremamente atraente. Luna se envergonhou de si mesma: se o tivesse visto daquele jeito na primeira vez, também não o teria notado, muito menos falado com ele.

Hadar percebeu o desconforto de Luna quando concluiu que Thorsten era um morador de rua. Somente sorriu para ela, confiante:

— Vamos até lá. Tenho a impressão de que esse encontro também não é por acaso.

Tão logo Hadar e Luna chegaram até Thorsten, ele levantou o rosto e um sorriso iluminou a sua face inteira:

— Luna! — Ele se levantou e a cumprimentou, feliz, com

um aperto de mão. — Que bom te ver novamente! — Logo o seu olhar se desviou para Hadar, para quem também estendeu a mão com alegria:

— Olá, quem é amigo de Luna é meu amigo também. O seu nome é...?

— Hadar! — O anjo disse, estendendo também a mão, para a surpresa de Luna. Será que ele havia se esquecido do problema de "descarga elétrica" que o toque dele provocava? Mas nada mais aconteceu: nenhum choque, nenhum puxão, nada de esquisito.

— A que devo a honra dessa visita ao meu escritório? Eu posso oferecer algo para beber?

Tirando uma garrafa de água de dentro da bolsa, estendeu para os dois visitantes, educadamente.

— Obrigada, Thorsten. Não se incomode. Estávamos passando por aqui e vimos você de longe. Assim resolvi dar um alô e...

— Mentira! — Hadar protestou. — Preciso da sua ajuda, meu amigo.

Essa não. Hadar ia entregar a sua história estapafúrdia de bandeja para Thorsten, assim, no meio da rua. Luna precisava evitar os efeitos colaterais.

— Meia mentira. — Ela tentou evitar que Hadar falasse mais alguma coisa, colocando-se na frente dele. — É que estou fazendo uma reportagem para a rádio... e pensei que você pudesse me ajudar um pouco. Aliás, nos ajudar. Hadar é ... teólogo e...

— Ah, colega! — O rosto de Thorsten se iluminou. — Que coincidência!

— Você é... você é teólogo? — Luna mal podia acreditar.

— Sim, não te falei naquele dia aqui na frente da igreja? Achei que tinha sido por isso que você veio me procurar.

— Não... quero dizer... sim...

Luna tentava não se atrapalhar, sob o olhar de protesto de Hadar. Luna imaginava que ele não gostava de mentiras, mas ele precisava ir com calma. Para o bem de todos, precisava dar um jeito naquela situação. Mas qual não foi a sua surpresa quando

Hadar mesmo sugeriu:

— Se você não se incomodar, poderia ir conosco tomar um café em algum lugar. Assim poderíamos conversar melhor.

Thorsten se levantou na mesma hora, recolhendo a sua "canga" e dobrando-a com agilidade e de um jeito especial como um cachecol em volta do pescoço.

— Só se for agora. Não tomo um café de verdade há muito tempo.

Os três atravessaram a ponte sobre o rio Spree e se acomodaram na cafeteria ao lado do Museu da Alemanha Oriental, o DDR Museum, que fica logo atrás da Catedral. Primeiramente, Thorsten pediu a mesma coisa que Luna e Hadar – um Cappuccino. Mas Luna percebeu o jeito que ele encarava a vitrine com os bolos e o seu coração apertou. Ela ofereceu a ele então que pedisse um, ou mais, pedaços de bolo, ao que ele atendeu com um sorriso de uma orelha à outra. Pediu um Apfelstrudel – rocambole de maçã – e um bolo de ameixa com bastante chantilly.

Luna tentava imaginar que reviravolta da vida havia levado Thorsten para as ruas, ainda mais depois que ele dissera que era Teólogo. Uma pessoa que cursou o ensino superior na Alemanha tem, via de regra, todo um passado quase "nobre": doze anos de uma escola extremamente exigente, depois cinco a seis anos de uma verdadeira batalha dentro da universidade.

Hadar parecia adivinhar os pensamentos de Luna e puxou a conversa para essa direção:

— Minha curiosidade está prestes a cometer uma indiscrição, Thorsten. Mas me *deslinde* aqui uma coisa: O que levou você a ser um *desagasalhado*, um... desabrigado? Álcool, drogas, dívidas de jogatina?

— HADAR!

Luna tentou comunicar várias coisas com o olhar perfurante que lançou a Hadar em seguida: que a pergunta tinha sido indiscreta demais, que o seu vocabulário estava precisando de ajustes outra vez... Mas Thorsten pareceu estar envolvido demais com o seu Apfelstrudel para se sentir ofendido.

— Nenhuma dessas coisas. — Ele respondeu de boca cheia, mas esperou alguns segundinhos antes de continuar a responder. — Eu não suportei a pressão aqui dentro. — Completou, apontando para a própria cabeça.

— Mas o que aconteceu que...

— Hadar, talvez não seja muito educado fazer essa abordagem ao Thorsten, dessa maneira assim tão direta. — Luna tentava salvar a situação. Thorsten riu.

— Sem problema, Luna. Eu hoje falo disso tranquilamente. Eu não me adaptei ao sistema. Quando finalmente terminei o doutorado e estava prestes a começar a trabalhar, tive um *burnout* e passei muito tempo internado. Lá conheci uma pessoa que mudou o meu modo de pensar e, depois disso, não consegui mais colocar as coisas em ordem.

Ele fez uma pausa para comer o último pedaço do Apfelstrudel e Luna agradeceu mentalmente por isso, pois precisava de, pelo menos, uma pequena pausa para processar aquela informação. Na sua frente, um mendigo (que, aliás, parecia o Thor dos filmes da Marvel) com título de doutor, conversando com um anjo de guarda que tinha ficado preso naquela dimensão por sua culpa. As duas coisas eram muito difíceis de se acreditar, mas outra coisa pareceu importunar a Hadar mais do que o fato de que Thorsten era doutor em Teologia e morava na rua.

— Eu não entendo bem o que é *Burnout*. É um tipo de doença?

Luna se apressou em responder, dando um pouco de tempo para Thorsten dividir igualmente o chantili para os dois pratos de bolo. Ele estava degustando tanto aquela refeição que deveria ser um pecado não o deixar em paz, pelo menos um instante. E seria bom falar finalmente de uma coisa "normal":

— A síndrome de Burnout é um distúrbio psíquico. Acontece muitas vezes quando alguém sofre um grande esgotamento mental, geralmente ligado à vida profissional.

— Ah, eu sei. Catalogamos essa síndrome *como nova doença da alma.* — Hadar comentou. Luna percebeu então que a síndrome tinha outro nome na dimensão de Hadar e teve medo da próxima coisa que ele pudesse deixar escapar acidentalmente e, por isso, tentou alertá-lo, dando um leve chutinho no seu pé sob a mesa. Mas esqueceu de que isso tinha consequências.

— Aaaai! — Os dois gritaram ao mesmo tempo, devido ao choque elétrico que receberam por conta do contato físico. Desconcertada, também em razão dos olhares de todos os clientes da cafeteria que atraíram para si, Luna tentou salvar a situação:

— Estou muito energizada hoje, deve ser o tipo de solado do meu sapato. Desculpe Hadar! Encostei sem querer em você e acabei te eletrizando também. — Ela tentou sorrir.

Mas Thorsten também percebeu alguma coisa. Levantou o garfo na direção de Hadar, antes de enfiar na boca mais um pedaço da torta de ameixa:

— Dá para perceber que você não é daqui, Hadar. Pelo seu jeito de falar e tal... De onde você é?

Pela primeira vez, o rosto de Hadar enrubesceu. Ele não contaria uma mentira e Luna sabia disso muito bem. Por isso, resolveu improvisar:

— Ele é Norueguês. Percebeu pelo vocabulário ou pelo sotaque dele? — Ela sorriu, mais uma vez embaraçada, torcendo para que Thorsten acreditasse na sua mentira.

Terminando de mastigar, Thorsten sorriu, inclinando a cabeça em direção aos dois:

— Ah, sim, então me enganei. Eu imaginei que ele viesse de outro lugar, por exemplo, da EOL 45 ou 46.

11

No salão de conferências do Departamento Independente de Proteção Individual (DIPI) da área Extensão Ocidental Leste Quadrante 45 (conhecida como EOL 45), Hubertus balançava nervosamente as pernas sob a mesa, observando, contrariado, Maxim e outros quatro orientadores discutirem hipóteses e estratégias. Justamente ali naquela sala, onde estava programada a ceia em comemoração à sua aposentadoria. As duas coisas, por sinal, prorrogadas por tempo indeterminado.

Tudo isso por um descuido. Só não se podia, no momento, dizer de quem. Nunca havia visto um caso daqueles, em que estavam de pés e mãos atados. Algo muito estranho havia acontecido. Voltou o olhar para o holograma refletido à sua frente, com os dados de Hadar, o monitor de segurança contra acidentes pessoais materializado. Era necessário investigar atentamente e se certificar de que não havia sido uma deserção, mas não parecia ser esse o caso. Parecia mais um sequestro e, com isso, ninguém naquele, e em nenhum outro departamento, tinha experiência. Com o rolar de três dedos no ar, abriu, ao lado daquele holograma, outro, dessa vez com informações da cliente atendida.

Leu pela terceira vez as informações, em busca de algo que pudesse ter sido ignorado por eles:

"Informações gerais: Luna Meyerhof, neta de um alemão, nascida no Brasil, mudou-se para a Europa já adulta. Solteira. Jornalista. Informações éticas: boa índole, caridosa, nenhuma religião. Vícios: leve tendência ao excesso alcoólico. Informações psicológicas: instável emocionalmente, tende a não enfrentar os seus problemas, preferindo abandonar o cenário onde está e reiniciar toda a vida social em outro. Carência afetiva e fixação em assuntos...", ele abandonou a tela, desanimado, e voltou a atenção aos outros participantes da reunião:

— Vamos continuar trabalhando com a hipótese de *acidente* e tentar uma forma de comunicação. — Ele se recusava a usar a palavra sequestro. — Algum progresso nesse quesito?

Angélica, a mais nova funcionária entre os orientadores, pediu a palavra:

— Conseguimos estabilizar uma frequência e ativá-la no seu punho esquerdo. Mas, infelizmente, o dispositivo está sofrendo massiva interferência eletromagnética.

Hubertus esfregou as têmporas:

— Por favor, me dê uma notícia boa, Angélica!

Angélica sorriu, timidamente, assentindo com a cabeça:

— A interferência é neutralizável. E fizemos avanços: estamos trabalhando em conjunto com o Departamento de Interface Telepática Integrada e travamos contato com alguns agentes em campo, observando as possibilidades de influenciar as suas ações nesse sentido.

— Certo. E quando essa interferência for neutralizada? Poderemos enviar os dados para o procedimento de desmaterialização? — Hubertus perguntou, já ciente de que a resposta era **não**. Se tudo fosse tão fácil assim, ele mesmo já teria se colocado a caminho da dimensão terrestre e trazido o monitor de volta.

Foi Maxim quem respondeu:

— Não, Hubertus. Ele vai receber uma mensagem. Aliás, intermitente, já que não temos condição de um envio ininterrupto de sinais. Nossos algoritmos não são compatíveis com os terrenos. Por isso e outras razões, a única mensagem que conseguimos enviar, no momento, é uma contagem regressiva.

— Uma contagem regressiva. — Hubertus repetiu. — E qual a finalidade disso?

— Vamos tentar informá-lo de quanto tempo ele ainda tem. Pelo menos dessa forma ele vai saber que estamos trabalhando para trazê-lo de volta.

— Quanto tempo ele ainda tem?

— No momento, 126 horas terrestres.

Luna resolveu continuar a conversa com Thorsten na sua casa. Era óbvio que seria uma longa (e estranha) conversa. Riu sozinha ao pensar no absurdo daquela situação, enquanto caminhavam lado a lado: ela levava uma versão mendiga de Thor junto com um anjo da guarda para o seu apartamento. Ah, se Raphael a visse naquele instante!

Sentiu um aperto no coração ao pensar nele. O jeito como ele saíra do apartamento àquela manhã, depois de ter trazido os donuts que ela adorava... Ela queria muito poder contar tudo para ele. Sentia a sua falta naquele momento, e uma dor maior ainda pulsou dentro dela quando se lembrou que, em breve, ele sairia completamente da sua vida. Mas não queria pensar nisso naquele instante. Precisava se concentrar nos dois homens esquisitos que a seguiam rumo à sua casa.

Thorsten concordou em ir com eles sob uma condição: queria tomar um banho. Obviamente Luna não poderia recusar essa exigência. E quando eles estavam já próximos à sua casa, ela entrou na mesma loja em que havia ido no dia anterior, desta vez para comprar uma muda de roupas também para Thorsten, enquanto ele e Hadar aguardavam do lado de fora.

A vendedora, a mesma que atendera Luna no dia anterior, não conseguiu conter um sorrisinho ao vê-la, mais uma vez, comprando um visual barba, cabelo e bigode para um homem de grandes proporções. Sem saber o que dizer, Luna retribuiu o sorrisinho.

— Menina, vou te contar um segredinho: comecei a namorar o Hulk. — Disparou debochada, punindo a vendedora pela sua indiscrição. Ela que usasse a sua imaginação com discrição. Luna não era muito de levar qualquer tipo de desaforo para casa, nem os que ela só imaginava que pudessem se tornar desaforos.

Quando, mais tarde, chegaram ao apartamento e depois que Thorsten tomou um banho demorado, finalmente os três se sentaram para conversar. Ele pediu um copo de água para tomar um comprimido. Luna suspeitou que ele fizesse um tratamento com antidepressivos em longo prazo, para combater as consequências que o Burnout tinha trazido à sua vida. Agradeceu mentalmente por ele ter acesso à medicação, apesar de ser morador de rua. Thorsten dava a impressão de ser uma pessoa equilibrada, simpática e sociável. Além de ser muito atraente. Era uma pena que ele vivesse sob aquelas condições.

Hadar foi direto ao ponto, pois desde o momento em que Thorsten citou a EOL 45, ele sabia que ele já sabia. Restava saber como.

— Thorsten, vamos falar então de maneira franca. De alguma forma você parece já imaginar...

— Que você é um *anjo*? Ou melhor, monitor? Já desconfiei desde o primeiro momento em que te vi. — Thorsten sorriu, como uma criança que acabava de relatar uma travessura.

— Mas como você soube? — Luna não aguentava mais de ansiedade para ter aquela conversa. — Okay, dizer que ele era norueguês foi meio fraco. Mas você sabia *desde o começo*?

— Bem, demorou uns três minutos para eu desconfiar. — Thorsten se ajeitou na cadeira, sob o olhar atento de Hadar. — O jeito de andar já foi bastante revelador. Depois o jeito de falar, os comentários... Ele me lembrou demais uma pessoa importante que conheci durante a minha permanência na clínica psiquiátrica. E eu tenho uma espécie de intuição que não consigo explicar. Depois do choque elétrico então, eu tive certeza: esse rapaz é um extraterrestre. Entendeu? — Thorsten deu um tapinha no ombro de Hadar que, depois de um momento de espanto e silêncio, pela primeira vez desde que se "materializou", soltou uma gargalhada. Luna não sabia se ele estava rindo por conta do nervosismo, por alívio ou desespero. Mas ele ria cada vez mais. E Thorsten gargalhava junto com ele, enquanto ela olhava para os dois com cara de quem não estava entendendo nada.

— Vocês vão me explicar o que é tão engraçado? Será que só eu aqui é que estou achando essa situação absurda? — Ela reclamou rabugenta, enquanto puxava uma cadeira que estava próxima para esticar as pernas. Com a afobação das últimas horas, havia esquecido completamente de que tinha sofrido um acidente e as dores em consequência da pancada que havia levado ainda davam o ar da graça de vez em quando.

Thorsten se esforçou para parar de rir e voltou a sua atenção para as pernas de Luna sobre a cadeira:

— Notei que você está mancando e tem um ferimento na cabeça. O que aconteceu? Isso tem a ver com a presença do meu amigo aqui? — Ele apontou para Hadar que, de pronto, já confirmava a questão com um aceno de cabeça.

Luna contou então toda a história: do encontro com Hadar há 22 anos, quando era uma garotinha; do acidente com a bicicleta, do toque dos dois e de como se agarrou ao pescoço de Hadar, que completou a narrativa contando como ainda ficou invisível nos primeiros momentos, mas, depois que todas as tentativas de retornar à sua dimensão falharam, se escondeu numa rua escura e começou a viver uma transformação:

— Senti como cada osso, fibra e músculo se desenvolviam

naquele instante. Senti dores em cada parte do corpo. Desmaiei e acordei várias vezes. Tentei contato telepático com os meus superiores, com colegas, sem sucesso. Não tive nenhum tipo de assistência e não sabia o que estava acontecendo.

Pela primeira vez Luna tomava conhecimento dos primeiros instantes de Hadar em carne e osso. E se sentiu culpada. Tentou desviar o assunto daquela direção. Afinal, de que ela seria culpada? Onde estava escrito que era proibido tocar no anjo da guarda, caso alguém o enxergasse?

— Mas nos conte uma coisa, Thorsten. Como é que você sabia disso tudo? Não tem nenhum livro por aí onde estão escritas essas coisas. — Ela ponderou.

— Ainda não, mas... — Abrindo a sua mochila, Thorsten tirou do fundo dela um pendrive e o sacudiu para que Luna e Hadar o vissem:

— Aqui estão as minhas anotações sobre o assunto, que gostaria de transformar num livro. Estava trabalhando nele quando acabei tendo que ... mudar de endereço. Aqui tem tudo que anotei no meu período de convivência com Halaliel, o meu amigo da clínica psiquiátrica.

— Me deixe adivinhar: Halaliel era um anjo da guarda! — Luna disparou, mas Thorsten balançou a cabeça negativamente.

— Não, ele era Monitor de Encaminhamento para Relacionamentos Interpessoais de Natureza Afetiva.

Percebendo que Luna não havia entendido nada, Hadar esclareceu:

— Ele era um cupido.

12

Thorsten contou a história do "cupido" Halaliel que, de alguma forma que Luna não conseguia explicar, tocou o seu coração de um jeito especial. Depois de se apaixonar pela sua cliente, Halaliel havia deserdado do serviço e assumido espontaneamente a materialidade da dimensão terrestre. Só que ele não contava com um leve detalhe em toda a história: o seu amor não era correspondido.

— Depois de sofrer as dores de um coração partido, e sem a possibilidade de voltar, ele foi considerado louco pela sociedade e já morava na clínica há 48 anos, quando eu o conheci. — Thorsten continuou a história e Luna percebeu que os olhos de Hadar estavam marejados de lágrimas. Halaliel era da mesma espécie que ele, "extraterrestre", como Thorsten o chamou.

— Fui a única pessoa que levou a sério as suas histórias. Por conta do nosso contato, quase que eu também fico preso definitivamente por lá. Mas meu velho amigo faleceu três anos depois que nos conhecemos. Depois da sua morte, e de ter feito todos os registros que queria, dei as respostas certas para as perguntas dos psiquiatras e fui liberado.

Para viver na rua. Luna já imaginava o fim da história.

Provavelmente sem parentes que o ajudassem, sem amigos, com dívidas devido a uma vida inteira dedicada só aos estudos e a cabeça latejando com perguntas existenciais, Thorsten só podia ter parado onde parou.

— Mas, enfim... — Ele percebeu o clima pesado que surgira e tentou mudar o rumo da conversa. — Ao contrário de Halaliel, parece que você veio parar aqui acidentalmente. Confere?

— Exatamente. E não tenho pretensões de ficar! — Disse, olhando encabulado para Luna. — Será que você tem alguma informação que possa me ajudar?

— Acho que sim, Hadar. Primeiramente preciso perguntar: você não teve nenhum tipo de contato com eles, desde o momento em que Luna... desde que você assumiu essa forma?

Luna se remexeu na cadeira. Não era possível que Thorsten também achava que ela era culpada.

— Não, nenhuma comunicação ainda, apesar de eu achar que meu orientador, Maxim, esteja trabalhando até mesmo com outros departamentos para vir ao meu socorro. Espero que eles tenham entendido que eu não sou um desertor... — Suspirou, preocupado.

— Mas você acha que é possível essa comunicação? — Luna se levantou e resolveu buscar uma jarra de suco para os três, colocando-a sobre a mesa. Despojado, Thorsten foi o primeiro a se servir.

— Sim, é possível. Mas as frequências são diferentes. Aqui há muita interferência, inclusive eletromagnética. Terminando de virar o copo de suco de uma vez e se levantando, foi em direção ao armário de cozinha de Luna, que observava a cena com um ponto de interrogação que atravessava todo o seu rosto. Ele começou então a revirar o armário, o que deixou a moça bastante irritada:

— Posso ser útil em alguma coisa? — Perguntou mais mal humorada que de costume. Não estava acostumada a ver ninguém além de Raphael circulando tão à vontade na sua casa. Hadar lhe enviou um olhar perfurante, como de um pai censurando o comportamento da filha. Mas o que ele queria? Que ela deixasse Thorsten comer toda a reserva de comida que tinha?

— Pode sim, Luna. Ah, espere. Já encontrei o que procurava.

Thorsten voltou para a sua cadeira com o rosto vestido do sorriso mais escancarado que podia dar e com um rolo de papel alumínio em mãos.

— Vamos construir uma antena bloqueadora, meu caro Hadar. Aqui, neste planeta, quem não tem cão caça com o gato.

Vinte minutos mais tarde, o que Luna achava que já era esdrúxulo, ficou ainda pior. Os três desceram e foram para a praça mais próxima de sua casa, pois Thorsten disse que ele conseguiria melhor recepção de um possível sinal se estivesse num ambiente aberto. Lá, Thorsten moldou um cone de papel alumínio e o colocou como uma espécie de chapéu na cabeça de Hadar. Repetiu a forma e cobriu também as mãos do anjo.

— Pronto. Agora você deve procurar a melhor posição para a sua antena funcionar.

Sob o olhar perplexo de Luna, Hadar começou a andar pelo parque, movimentando os braços nas mais diversas posições, como se estivesse sinalizando para que um avião pousasse numa pista de aterrissagem. Com os funis nas mãos e no topo da cabeça, ele lembrava uma fantasia de homem de lata de "O Mágico de Oz".

Luna olhou apreensiva em sua volta: a cena era absurda demais. Eles logo chamariam a atenção das pessoas que caminhavam por ali. Conseguiu imaginar plenamente os motivos da internação de Thorsten numa clínica psiquiátrica e já imaginava Hadar trajando uma despojada camisa de força modelito primavera-verão. Thorsten percebeu sua aflição e tentou tranquilizá-la.

— Calma Luna. Tenha certeza de que ninguém vai notar. Aqui é Berlim, minha querida. Aqui NADA, simplesmente nada é estranho demais para atrair a atenção das pessoas.

E pelo jeito ele tinha razão. Diversas pessoas passavam por ali: algumas falavam ao celular, outras passeavam com um cachorro ou até um carrinho de bebê. Nenhuma delas dirigiu sequer um olhar para o homem de lata sinalizador de pista à sua frente.

Num determinado momento, Hadar, que estava a cerca de 50 metros de distância dos dois, sentiu um solavanco e caiu sentado. Luna e Thorsten correram em sua direção, sem a menor ideia do que tinha acontecido.

— Hadar, o que aconteceu? — Luna já ia estender a mão para ajudá-lo a se levantar, mas a recolheu em seguida, lembrando-se das últimas experiências negativas.

Hadar continuou sentado no chão. Os olhos arregalados e o sorriso estampado em seu rosto não negavam que ele havia feito progressos:

— Conseguimos um contato! — Seu peito subia e descia com a respiração ofegante e os seus olhos se iluminaram, enquanto ele tirava o casaco e a camisa numa fração de segundos, e em seguida tateava pelo próprio corpo como um louco.

— Que diabos você está...— Luna até quis interrogá-lo, mas a frase saiu pela metade quando ele descobriu algo no seu punho esquerdo.

— É uma mensagem? — Thorsten se jogou ao seu lado, no chão, afobado para tentar ver o que Hadar olhava, boquiaberto. Luna também se inclinou para observar o punho esquerdo de Hadar.

Numa área de aproximadamente 5 cm, aparecia, refletido em luz neon azul, como se ele tivesse um implante subcutâneo digital, o número 114.

— Mas que diabos é 114? — Luna foi a primeira a quebrar o silêncio dos três. — Algum tipo de código?

— Não que eu saiba! — Hadar afirmou um tanto desanimado. A alegria que sentira há poucos instantes tinha sido apagada pela decepção de uma mensagem que não entendia. Como um balde de água fria, que o fez perceber imediatamente os cinco graus de temperatura que fazia naquele momento em que ele se encontrava seminu numa praça. Vestiu, devagar, a camisa e o casaco novamente, enquanto Thorsten, segurando o próprio queixo, começou a caminhar de um lado para outro.

— Você tem alguma ideia do que pode ser? — Luna perguntou a Thorsten.

— Não. Vamos ter que pensar juntos sobre o assunto. Mas antes de tudo tenho uma teoria, Luna. Preciso que você...

— Olhem! — Hadar mostrava o pulso novamente, interrompendo Thorsten. — A mensagem sumiu.

Foi a vez de Luna ficar desanimada. Se a mensagem não ajudava muito, a falta dela era ainda pior.

— Mas que diabos está acontecendo? Que tipo de mensagem tosca é essa que ninguém entende e ainda some? O pessoal do seu departamento já ouviu por acaso falar em WhatsApp? — Ela atirou sua frustração para cima de Hadar, que já estava sobrecarregado com a própria.

— Luna, Hadar, prestem atenção. Vocês precisam ficar calmos! — Era Thorsten que ainda tentava manter a situação sob controle: — Eu queria que vocês tentassem uma coisa. Venham aqui.

Os dois obedeceram, na falta de outra coisa melhor para fazer.

Thorsten ajustou mais uma vez o cone de papel alumínio na cabeça de Hadar, certificando-se de que ele cobria as orelhas e de que a ponta estivesse bem esticada. Depois disso, deu um passo para trás.

— Agora, tentem tocar um no outro novamente.

— Nem morta! — Luna reagiu instantaneamente. — Você

já levou um choque elétrico desse rapaz? Ele é pior que fio desencapado!

— Calma, Luna, eu acho que sei o que ele quer dizer.

Sem aviso prévio, Hadar simplesmente estendeu o dedo em relação a Luna e tocou os dela. Ela se assustou e recuou a mão de uma vez. Mas, para sua surpresa, não havia levado um choque. Por isso, curiosa, estendeu de novo o dedo até o dele e o tocou. Nenhuma descarga.

Hadar e Luna sorriram, animados. Ele envolveu então sua mão na dela, primeiramente com medo, mas logo sem pudor, pois eles não haviam sentido nenhum eletrochoque.

— Estamos curados! — Luna gracejou e Hadar puxou a sua mão, trazendo a moça para junto de si, envolvendo-a num abraço.

— Venha cá, minha menina. Estou querendo fazer isso desde o momento em que te encontrei nessa forma. Nunca, jamais duvide do quanto você é importante para mim!

Dentro do abraço de Hadar, Luna fechou os olhos e se sentiu, de um jeito que não conseguia explicar, a pessoa mais forte e corajosa do mundo. Como se nada de ruim pudesse lhe acontecer. Ela pode sentir todo o carinho de Hadar, como se, mais que um grande amigo, ele fosse um parente próximo, alguém que a amasse tanto como um pai amava uma filha, um avô amava a neta.

Naquele instante, ela não percebia mais os músculos de Hadar como uma mulher aprecia o corpo perfeito de um homem. Ela sentiu o seu coração, como se ele a enchesse de amor e proteção por cada poro da sua pele. Sentiu a alegria do amor puro, a grandeza do universo, como se tudo fizesse sentido e ela, Hadar, todas as pessoas em volta e tudo o que tinha vida... tudo isso fosse uma coisa só e pulsasse dentro daquele abraço.

— Hadar, eu... não sei te dizer o que estou sentindo agora. É uma coisa muito, muito forte! — Ela queria falar, mas não conseguia expressar tudo o que sentia em forma de palavras. Seus olhos estavam marejados de lágrimas. Estava emocionada. Hadar também não dizia nada, somente sorria, ainda de olhos fechados.

Foi Thorsten que encontrou as palavras que ela procurava:

— Acho que eu imagino o que você está sentindo: deve ser isto que as pessoas sentem quando são abraçadas pelo seu anjo da guarda.

13

Os três voltaram para o apartamento e Hadar achou melhor não tirar mais o cone da cabeça por algum tempo. Luna e Hadar repetiram a experiência de encostar um no outro novamente, mas sem o cone, e o resultado foi uma catástrofe. O mais leve toque provocou um eletrochoque que jogou os dois no chão, de tão forte. Sendo assim, ele incorporou o cone ao seu visual e, depois de um tempo, nem Luna reparava mais nele.

O motivo pelo qual os dois recebiam um choque ao se tocarem ainda era um mistério. Thorsten contou que Halaliel havia feito algumas observações com relação ao assunto, mas nunca tiveram tempo de estudarem juntos sobre o tema:

— Ele me contou que havia encontrado duas pessoas que provocavam a mesma reação nele. A primeira era uma cozinheira que trabalhava na clínica. A segunda era uma pessoa que encontrava esporadicamente, uma menina de aproximadamente dez anos de idade, filha de uma enfermeira que trabalhava na clínica. Ela visitava os pacientes de vez em quando e jogava jogos de tabuleiro com eles.

— Mas ele chegou a catalogar alguma informação mais concreta *adstrita* ao assunto? Qual seria o *corolário* dessa reação? — Hadar quis saber, mesmo escorregando um pouco na adequação do seu vocabulário. — Isso talvez pudesse nos ajudar em alguma coisa!

— Infelizmente, não. A cozinheira faleceu anos antes da minha permanência na clínica. Já a menina deve ter a minha idade hoje em dia, mas ele não teve mais nenhum contato com ela, portanto não teve mais nenhuma chance de coletar mais informações. O que eu pude registrar sobre as duas, eu registrei. Mas, como disse, não tivemos tempo de estudar melhor o assunto.

Luna, que havia saído para buscar algumas pizzas para os três almoçarem, chegou em casa e dispersou o assunto, pois naquele exato momento Hadar constatou, depois de checar novamente o punho, que a mensagem aparecera novamente, sumindo depois de dois minutos. Porém, o texto era outro. Agora o número que aparecia era 113.

Por isso, o almoço se transformou numa discussão entre Hadar e Thorsten sobre as possibilidades da mensagem: aquele número podia ser um código, podia ser uma espécie de senha, ou equivaler a alguma coordenada para onde Hadar deveria ir e encontrar eventualmente um portal que o levasse de volta para a sua dimensão.

Por mais que estivesse interessada, alguma coisa perturbava a concentração de Luna, que por si já não era lá grande coisa. Ela checou o seu celular. Nenhuma mensagem de Raphael. Engoliu seco. Não gostava nada da ideia de que ele pensasse que ela... Que ela o quê? Eles eram só amigos, Luna já havia dormido com outros homens em sua vida e ele sabia. Não havia necessidade de fazer drama naquela manhã.

Mesmo assim, resolveu quebrar o gelo, enviando uma mensagem, seguida de uma carinha sorridente:

"Obrigada pelos donuts."

Ela observou os dois tracinhos azuis, indicando que ele havia lido a mensagem e aguardou sua resposta. Mas não veio nenhuma. Ela ficou encarando o celular como se aquilo obrigasse Raphael a responder naquele instante, mas se passaram alguns minutos e nada. Ela escreveu novamente:

"*Está com **raivinha** de mim?*", digitou e enviou. Novamente os dois tracinhos azuis. Novamente nenhuma resposta. Luna começou a andar pela sala, ignorando completamente Thorsten e Hadar, que estavam completamente envolvidos numa discussão. Naquele instante, ela não queria saber nada dos dois, de anjo, nem de mensagem, nem de nada.

Uma leve vibração no telefone e Luna checou o aparelho imediatamente. Mensagem de Raphael:

"*Estou trabalhando.*"

Ela bufou de raiva. Desde quando trabalhar era motivo para não responder uma mensagem?

Não conseguindo controlar o seu impulso, ela escreveu de volta:

"*Bom trabalho. É melhor me acostumar a não receber mensagens suas, já que você vai para a Itália. Aliás, será que vou saber quando você vai ou está escondendo isso de mim também, como escondeu que tinha encontrado outro emprego?*"

Pronto. Tão rápido como a mensagem tinha sido enviada, na mesma velocidade ela havia se arrependido. Pensou em apagá-la, mas Raphael já a tinha lido. *Droga.*

Quando viu que ele estava digitando, ela começou a roer a unha. Tinha se precipitado.

"*Embarco daqui a quatro dias.*"

— O quê? — A pergunta veio em voz alta, num tom de clara indignação. Raphael estava deixando a sua vida em quatro dias e não ia dizer nada?

Jogou-se no sofá, indiferente aos olhares confusos de Hadar e Thorsten. Seu rosto estava tão transtornado, que Hadar se viu obrigado a intervir:

— Devo ficar preocupado, já que não estou de posse de minhas atribuições de Monitor de Segurança contra acidentes pessoais? Você está tendo um infarto?

— Não! E me deixe em paz! — Gritou com raiva e só então percebeu que estava chorando. Ela decididamente estava desequilibrada. Thorsten ficou observando, calado por um instante, até que, depois de enfiar o último pedaço de pizza na boca, sentenciou:

— Isso aí é dor de cotovelo, Hadar. Nada que um anjo da guarda possa curar. Para isso, só um cupido.

— Não seja ridículo. — Luna tentou enxugar as lágrimas em vão. — É o Raphael, meu amigo. Aliás, meu melhor amigo. Ele vai embora para a Itália daqui a quatro dias. E não tinha me falado nada.

— Melhor amigo. Sei... — Thorsten deu de ombros, virando-se então para Hadar:

— Você conhece o cupido dela?

Luna olhou de banda, interessada no que Hadar ia dizer. Sempre achara que ele era responsável pela sua vida amorosa e somente agora descobrira que estava enganada.

— Isso é bobagem, Thorsten. No mínimo, chistoso. Existe um departamento com essas atribuições sim, como o seu amigo Halaliel lhe confiou. Mas eles não trabalham voando pelados e com uma flecha embaixo do braço por aí! — Resmungou.

— Pois deviam! — Luna se levantou determinada. — Minha vida está uma droga e a culpa é de vocês! Na verdade, a culpa é sua! — Ela quase gritou, descontrolada, em direção a Hadar. Depois, virou-se para Thorsten:

— E eu não tenho nada com Raphael. Ele é só meu amigo. E parem de se meter na minha vida!

Descontrolada, com raiva, mas principalmente sofrendo por Raphael, Luna saiu da sala e foi para o quarto, batendo a porta atrás de si, para poder chorar à vontade. Seu anjo da guarda estava ali, mas a sua parte mais bela e suave, o seu equilibrio e sua paz estavam deixando Berlim em quatro dias.

No Departamento Independente de Proteção Individual (DIPI) da área EOL 45 o clima era mais animado. Finalmente, a comissão de resgate do monitor tinha conseguido enviar uma mensagem. Mais que isso, haviam conseguido contato visual e acompanhavam os acontecimentos em tempo real, numa espécie de telão na parede. A equipe havia saído da sala de conferências para fazer uma pausa e somente Hubertus e Maxim se encontravam ali. Hubertus estava bem mais motivado e deu dois tapinhas nas costas de Maxim ao passar por ele.

— Bom trabalho. Finalmente estamos caminhando. Vamos averiguar agora as novas informações que temos. Quem é o rapaz ali? — Disse, apontando para Thorsten no monitor. — Ele não me é estranho. Onde estão os seus dados?

Maxim rolou os dedos no ar e fez surgir mais um holograma com uma tela onde se podia ver uma foto e as informações de Thorsten.

— Thorsten Mittelstadt. Ele é conhecido, sim, mas não do DIPI. Ele passou muito tempo como cliente do Departamento de Interface Telepática Integrada, seção de pesquisas científicas. Ele teve um contato estreito com um monitor deserdado e fez um grande progresso no registro das atividades de um materializado.

— É uma pena que os departamentos não o tenham acompanhado nessas pesquisas. Num momento como esse, de crise, informações concretas teriam peso de ouro, não acha? — Hubertus percebeu que Maxim já não prestava mais atenção ao que ele falava: havia caminhado até a janela e observava, com o semblante preocupado, a paisagem do lado de fora.

Hubertus tentou, então, averiguar a situação. Não era de bom tom ler os pensamentos de colegas de trabalho ou funcionários.

— Me diga: o que te perturba nessa situação toda, Maxim? Qual é a parte dessa história que está tomando como pessoal? O que está escondendo?

Maxim virou-se para encarar o amigo:

— Não estou escondendo nada, Hubertus. É só... ah, você me conhece. Esse rapaz aí, que está com eles. O deserdado, ex-monitor amigo dele que atendeu aos seus estudos, tinha feito parte do grupo de estagiários na terra, na época do meu mandato. Foi aí que ele se apaixonou pela própria cliente...

Os dois ficaram um tempo calados. Hubertus sabia que Maxim ainda se sentia culpado por aquela medida administrativa, como também pelas consequências que ela trouxera para tantos monitores. Ainda mais com a conseguinte rebelião do grupo "Precisamos de mais humanidade" e o clima instável que se instalou em toda a DIPI.

Ao pensar nisso, Hubertus teve um lampejo. Reativou novamente com o rolar dos dedos a ficha de Luna, e chamou Maxim para que lesse junto com ele:

— Dê uma olhada nisso, Maxim. O que está estranho na informação dessa cliente?

Maxim fixou os olhos na tela holográfica com atenção e começou a ler em voz alta:

"Informações gerais: Luna Meyerhof, neta de um alemão, nascida no Brasil, mudou-se para a Europa já adulta. Solteira. Jornalista. Informações éticas: Boa índole...". Mas nesse ponto Hubertus o interrompeu:

— Não percebeu? — Disse, animado.

— Percebeu o quê? — Maxim, confuso, passou os dedos pelos cabelos ralos.

— Onde essa moça nasceu?

— No Brasil... — Primeiramente, Maxim parecia não entender onde o amigo queria chegar. Mas começou a rir, quando também percebeu o que Hubertus tinha captado. — Ela não poderia ser cliente da DIPI da EOL 45 se nasceu no Brasil. Geograficamente ela pertenceria a uma outra jurisdição! — Agora era Maxim quem sorria, animado por imaginar estarem, finalmente, vendo uma luz no fim de túnel.

— Exatamente! Mas o motivo para isso é o que precisamos averiguar!

Hubertus vibrava de excitação, pois finalmente suspeitava de que aquela seria a ponta da linha por onde poderia puxar todo o novelo da confusão que havia se estabelecido.

— Tenho uma suposição! — Ele confessou a Maxim e, depois de fazer várias pesquisas no dispositivo holográfico, acessou, sob o olhar complacente do amigo, um arquivo secreto intitulado **"Desertores da EOL 45"**. Depois de alguns segundos, foi Maxim que parou a tela num nome conhecido:

— Achamos. Monitora Magnólia.

Abrindo as informações numa tela holográfica maior, os dois puderam ler, surpresos:

— Monitora Magnólia. Estagiária voluntária por três programas. Depois do estágio, desertou e se casou com Hans Meyerhof, seu antigo cliente, e ambos emigraram para o Brasil em 1969. Militante muito ativa no movimento rebelde dos monitores contra a extinção do estágio. Antes da deserção entregou um pedido especial para que seus futuros descendentes fossem clientes da EOL 45 em vez da EOT 24, responsável pelo Brasil, em troca de **missões especiais** naquela dimensão. Descendentes clientes da seção: Augusto Meyerhof, filho, e Luna Meyerhof, neta.

Maxim olhou perplexo para Hubertus que, aliviado, como se pudesse começar a desamarrar o fio de toda aquela confusão, concluiu em voz alta:

— Achamos o elo perdido. A avó de Luna era uma de nossas monitoras!

— E uma colaboradora. Ela deve ser a chave para a resolução desse emaranhado!

14

Raphael checou seu telefone pela centésima vez enquanto caminhava rumo ao seu apartamento. Depois de ter escrito à Luna que estava de partida em quatro dias, se arrependeu. Não era assim que queria contar a ela. E as palavras o atropelaram, o traíram. Tomaram posse de seus dedos e foram mais rápidas que seu pensamento. Ele foi movido 100% pela emoção, pela raiva que estava sentido dela e principalmente de si mesmo.

Na verdade, estivera escondendo dela há dois meses toda a história com a demissão e o novo emprego. Tim, seu chefe na redação, já sabia de tudo desde o início, mas Raphael havia pedido sigilo até que ele mesmo contasse tudo aos colegas.

Tim o ajudou bastante nesse período, inclusive orientando a respeito do melhor momento para sair da redação: por isso, aquele tinha sido o último dia de trabalho. Depois ele tiraria as férias que estavam vencidas: duas semanas para organizar tudo, e somente então viria a demissão. O trabalho em Roma só começaria em um mês e, assim, ele ganhou todo esse prazo para se organizar.

O problema é que o tempo foi passando e Raphael não conseguira dizer a ninguém, principalmente a Luna, que em breve partiria. E, naquela manhã, quando viu o estranho saindo do quarto de Luna, percebeu que não daria mais. Passou boa parte da manhã online, organizando com um primo que morava próximo a Roma uma possibilidade de alugar um de seus apartamentos para turistas. De preferência para o dia seguinte. Mas ele só teria um quartinho disponível em quatro dias. Não tinha importância, qualquer coisa seria melhor do que ver Luna nos braços de outra pessoa, por isso, na falta de uma nave espacial que pudesse abduzi-lo naquele instante, partiria em quatro dias para Roma.

Na parte da tarde, fingiu estar contente com a festa de despedida surpresa que Tim organizou para ele na redação. Fingiu também não estar com raiva dele por ter revelado a todo mundo que ele estava de partida. Mas isso também não tinha importância. Nada mais tinha importância. Ele só queria poder sair o mais rápido possível da vida de Luna e...

Quando percebeu, estava parado na frente da porta dela e já havia tocado a campainha. *Mas que diabos...?* Seu inconsciente, ou o que quer que seja, havia lhe pregado uma peça e o levado a tomar a decisão que o seu consciente não quisera tomar, trazendo-o até ali, duas horas depois da "discussão" eletrônica com Luna.

Mas em vez de Luna, outra pessoa abriu a porta. Um homem grande, maior ainda que ele, e bem diferente do que havia estado ali naquele apartamento naquela manhã. O sangue de Raphael ferveu rapidamente, tão rapidamente como o motor de um Porsche ia de 0 a 100 km/h. Seu sangue subiu à cabeça e ele fechou a mão num punho. Se pudesse, acertaria a cara daquele estranho. Mas não era esse o motivo de sua partida? Ele não queria deixar a Luna o espaço para que ela pudesse encontrar alguém e ser feliz?

Tão rápido quanto o seu sangue ferveu, aconteciam as coisas também do outro lado da porta. Enquanto Raphael explodia por dentro e o estranho aparecia do outro lado, a voz de Luna ecoava por trás dele:

— Thorsten, não! — Ela gritou e apareceu logo ao seu lado,

visivelmente constrangida.

— Pela sua cara, você deve ser o Raphael! — As palavras de Thorsten até poderiam ser interpretadas da maneira errada, mas ele se divertia com a cena. Luna o empurrou de vez e tentou amenizar a situação:

— Rapha, não é o que você está pensando!

Raphael usou de todo o seu autocontrole, mas mesmo assim não conseguiu esconder o seu estado de espírito.

— Não estou pensando nada, Luna. Eu sou o Raphael, lembra? Eu não sou o seu pai ou o seu superego! Você é uma mulher adulta e independente. A única coisa em que estou interessado em saber é como fico famoso tão rápido entre os seus convidados! — Ele tentou rir, mas estava vermelho demais para fingir que aquilo tinha sido uma piada.

Luna abaixou a cabeça e respirou fundo. Como se tivesse tomado uma decisão. Ela abriu então a porta completamente, proporcionando a Raphael a visão de Hadar, com o cone de papel alumínio sobre a cabeça, sentado do sofá da sala. Luna virou o rosto para Hadar, como se pedindo sua permissão, e ele sorriu, assentindo. Ela voltou então a atenção para Raphael, que ainda olhava a cena, estupefato.

— Entre, Rapha. Tenho uma coisa para te contar.

Depois de escutar toda a história calado e ficar sabendo de todos os detalhes, desde o primeiro encontro de Luna com Hadar, passando pelo acidente, a materialização, até o encontro de Thorsten com Halaliel e suas teorias, Raphael ficou um tempo observando Luna, sem saber direito o que pensar. E principalmente o que dizer. Que ela inventasse uma história absurda, como efeito de ter batido a cabeça, isso era aceitável. Mas outras duas pessoas contando a mesma história... Isso, sim, era impossível.

— Não me levem a mal. Mas se coloquem no meu lugar. É muito difícil... — Ele não terminou a frase, pois Hadar sentiu que havia recebido mais uma mensagem e levantou o pulso, mostrando o novo número que aparecia:

— 111. Que lógica se esconde atrás dessas mensagens? —

Hadar perguntou mais para si do que para os outros, enquanto Raphael observava surpreso aquilo que parecia uma tatuagem de luz azul no punho de Hadar.

— Já pensei em algum tipo de código, como quadrante geográfico ou algo assim, mas aí faltariam as letras! — Foi a vez de Thorsten intervir. Luna tentou colocar Raphael a par das últimas mensagens:

— O Hadar está usando esse... bloqueador de sinais sobre a cabeça desde hoje mais cedo. As ondas eletromagnéticas são atenuadas e assim ele pode receber mensagens do seu departamento. Desde que está usando, recebeu os números 114, 113 e agora 111. O tom de voz de Luna era calmo e dócil, como se assim pudesse disfarçar o absurdo daquela história toda.

Thorsten também se dirigiu a ele:

— Eu sei, Raphael, que essa história toda parece loucura. Mas, de alguma forma que não podemos explicar, ela está acontecendo diante de nossos olhos.

— Gente... eu sou uma pessoa relativamente aberta a novidades e teorias malucas, mas isso aqui superou tudo o que eu já vi! — Raphael argumentou, rindo, mas seu riso era tão nervoso que sua voz rateou nas últimas palavras. Por isso, pigarreou para controlá-la e, depois de alguns segundos olhando para as próprias mãos, continuou...

— Digamos que eu acredite no que está acontecendo... Mas pense nisso como uma história de ficção científica, por exemplo, que, em vez de *Hagar* ser um anjo, ele seja um alienígena, um extraterrestre...

— Hadar. O nome dele é Hadar. E ele é um anjo, não um extraterrestre. — Luna protestou, mas Hadar parecia não se importar:

— Na verdade, Raphael, até prefiro que me veja assim. Porque é exatamente isso que eu sou: um extraterrestre.

— Ah, então fica tudo mais fácil! — Raphael sorriu e cruzou as pernas na frente do corpo, mais relaxado. — Vocês deviam ter falado isso desde o começo! A Luna tem uma maneira muito romantizada de ver as coisas.

Esse comentário de Raphael bastou para reascender a tensão de Luna:

— Não acredito Rapha! — Sua voz saiu em falsete. Se eu falo em anjo você pira, mas extraterrestre você aceita como uma coisa normal? — Ela balançava a cabeça incrédula.

— Mas extraterrestres existem e anjos não! — Raphael sorria, cinicamente.

Alheio ao clima entre os dois, Thorsten quis filosofar:

— Mas, Luna, cientificamente falando, cada teoria pode e deve ser analisada de um ponto de vista. Filosoficamente, por exemplo, se você partir de um ponto de vista niilista...

— Não vem, Raphael! — Luna se levantou da cadeira e já estava na frente dele, dedo em riste, ignorando Thorsten completamente. Se tinha uma coisa que ela adorava era uma discussão com Raphael. — Então para você existem Papai Noel e Chupa Cabras? É isso?

— Chupa Cabras, sim. Papai Noel, não. — Raphael estava se divertindo com a cena de Luna, que estava vermelha de raiva:

— Você não perde a chance de fazer hora com a minha cara? Está zangado comigo e se aproveitando para me ridicularizar!

Foi Hadar quem colocou panos quentes na situação:

— Calma, Luna! Você está exagerando. Está chateada com Raphael e por isso está reagindo...

Mas Luna explodiu de vez:

— E você também, Hadar. Fique quieto. Não se meta a defender Raphael!

Quando percebeu que seu tom de voz estava bem mais alto do que de costume, Luna passou a mão na testa e caminhou um pouco pela sala.

— Me desculpem, eu estou um pouco fora de mim. Preciso respirar. Já estamos há horas nessa história e...

— Oh não! — Thorsten deu um pulo no sofá. — Perdi a hora de me cadastrar para o abrigo. Vou ter que dormir na rua! — Seus olhos, tristes, diziam a cada um dos presentes na sala que não era nada fácil passar a noite na rua no inverno alemão. Nenhum deles sabia o que era isso, mas Thorsten sabia.

Luna, sem se importar com a interrogação no rosto de Raphael, já que ele não sabia da situação de moradia de Thorsten, se levantou de uma vez e pousou as mãos sobre os ombros do desabrigado:

— Mas é obvio que você não vai dormir na rua, Thorsten. Eu iria mesmo te propor ficar por aqui hoje à noite. Você tem ajudado tanto!

Raphael imaginou rapidamente do que se tratava: que Thorsten era o mendigo para quem Luna havia jogado seu charme acidentalmente. Mas na oferta dela para que Thorsten ficasse por lá ele não via nenhuma segunda intenção. Alguma coisa muito estranha e maluca estava acontecendo ali. E Luna estava cercada igualmente de pessoas malucas e estranhas. Ele não havia acreditado na história antes, mas agora tinha certeza de que estava à frente de um desafio. Antes que Thorsten reagisse ao convite de Luna, ele tomou a palavra:

— Obviamente, Thorsten, você não vai dormir na rua. Você pode ficar aqui ou ir para a minha casa esta noite. Vamos resolver essa situação do Hadar. Depois, vamos conversar sobre a sua situação. Eu peço que me desculpem, os três, pela minha atitude anteriormente!

Ele olhou para Luna, que sorriu desconcertada, mas aliviada também. Ela conhecia Raphael e tinha certeza de que ele havia entendido a gravidade daquela situação absurda que se desenhava à sua frente. E que ele iria fazer de tudo para ajudá-la naquele momento.

— Alguma coisa me diz que formamos um grande time! — Raphael, sorrindo, estendeu a mão para o centro do pequeno círculo formado pelos quatro. Luna, Thorsten e Hadar fizeram o mesmo. Os quatro, mão sobre mão, estavam unidos e dispostos a lutar, contra o desconhecido e sem a menor ideia do que fazer, mas iriam tentar.

Thorsten sorriu, retomando a confiança na voz:

— Certo pessoal. Vamos então descobrir como se faz para devolver um anjo.

15

Algumas horas depois, após terem traçado mil teorias e discutido diversas hipóteses, o grupo decidiu que seria mais produtivo continuar a conversar no próximo dia. Pelo menos a uma conclusão eles chegaram: a mensagem intermitente no braço de Hadar era uma contagem regressiva. Mas se aquilo era uma boa ou uma má notícia, aquilo ainda não estava claro.

Thorsten resolveu ficar no apartamento de Luna e ele e Hadar decidiram por se acotovelar no seu minúsculo escritório durante a noite. Ele ainda surpreendeu a todos quando transformou o seu cachecol (que antes havia sido a "canga" onde se sentava à espera de esmolas) numa rede, amarrando as extremidades em dois tipos de argolas, que Luna nunca havia percebido, nas paredes do escritório.

— A gente aprende alguns truques quando mora na rua. — Comentou, antes de fazer o teste de resistência da rede. Ela havia dado conta tranquilamente daquele homem de mais de 1,90 m de altura e diversos músculos, que ainda resistiam à vida na rua.

Hadar recebeu um colchonete que andava esquecido pela

casa e roupa de cama, e quando Luna fechou a porta do escritório para deixá-los dormir, chegou à conclusão que a conversa dos dois ainda se arrastaria por muito tempo: Thorsten tinha muitas perguntas filosóficas e Hadar muitas perguntas a respeito de Halaliel.

Luna não quis incomodá-los e, na verdade, até achava bom que os dois a tivessem deixado um momento a sós com Raphael. Quando voltou à sala, viu que Raphael estava sentado na sua pequena varanda, de costas para ela. Ficou observando o rapaz de longe, antes de se juntar a ele. Seu coração doeu. No fundo, ambos sabiam que o desentendimento deles tinha só um motivo: a partida repentina dele para a Itália. Eles precisavam falar sobre isso.

Ela foi até a cozinha e buscou uma garrafa de um vinho que Raphael adorava, Max's Shiraz Cabernet. O vinho custava uma pequena fortuna, mas Luna procurava sempre ter uma garrafa em casa, apesar de não ser o seu favorito. Sorriu, pensando em quantas outras coisas que fazia por causa de Raphael deixariam de existir em tão pouco tempo.

Já na varanda, ela estendeu a ele uma taça vazia, enquanto enchia o próprio copo, para logo depois encher o dele. Raphael aceitou o vinho com naturalidade e gratidão. Para ele, somente um bom vinho poderia salvar um dia que havia começado e terminado de maneira estranha.

— Nunca vou entender por que você prefere um vinho australiano a um italiano. — Luna estendeu a sua taça num brinde, já despojada ao lado de Raphael no estreito sofá.

— Não conte nunca aos meus pais. — Ele sorriu, brindando com ela, mas evitando virar o tronco. O sofá era estreito demais e o corpo de Luna se espremia contra o dele. Ele precisava dominar a vontade de abraçá-la, de aproveitar aquela aproximação e enfiar de vez o nariz pelos seus cabelos, aproveitando ao máximo o perfume que já sentia dali, daquela pequena distância. Queria afogar a vontade de beijá-la, de sentir cada centímetro da pele dela sobre a sua.

Ao se dar conta dos seus pensamentos, Raphael se retraiu

ainda mais, praticamente abraçando o próprio corpo, contraído. Luna, sem se dar conta da intenção dele de evitar contato, girou o tronco e aproveitou o espaço que surgira no sofá para colocar a perna dobrada sobre o colo dele, que não teve outra saída: sem espaço para o próprio braço, teve que colocar uma de suas mãos sobre as pernas dela:

— Ainda dói? — Ele alisou uma parte da perna dela por um instante, mas se conteve.

— Nada. Hoje à tarde doeu um pouco, mas com toda essa ação eu até me esqueci das dores. — Ela sorriu e, num impulso, segurou a mão de Raphael que repousava sobre a sua perna, quase como uma forma de pressionar o botão de "pausa" na conversa dos dois. Ela não poderia continuar sufocando o que sentia com a partida dele, precisava falar sobre o que estava sentindo.

— Rapha... desculpe a minha irritação. Eu não consigo acreditar que você vai partir em quatro dias! Por que isso, Rapha?

Livrando-se carinhosamente da mão de Luna, ele tirou a perna dela com cuidado de seu colo e se levantou, colocando-se de pé na sua frente:

— É que surgiu a oportunidade de alugar um apartamento do meu primo e quanto mais cedo eu for, melhor eu consigo organizar as coisas — Mentiu e logo tomou um generoso gole do vinho.

Luna ficou olhando alguns instantes para ele, pensativa. Não queria que ele fosse, mas nunca diria isso a ele.

— Mas por que você só me disse isso agora, Rapha?

— Desculpa Luna, tem tanta coisa girando pela minha cabeça... — Ele apoiou os dois braços no parapeito da varanda, ainda virado para ela. — Eu não tive coragem. Não conseguiria ficar torturando nós dois com essas histórias de dizer adeus... Eu detesto despedidas! — Resumiu.

— Por isso estava pretendendo não me dizer nada até que estivesse na Itália? — A voz dela quase se alterou novamente, mas ela queria manter a calma. — Okay, vamos deixar isso nesse momento para lá.

Levantando-se, Luna se colocou diante dele e segurou os seus ombros, chegando muito perto do seu rosto.

— Você podia passar essa noite aqui? Eu estou precisando tanto de você! Você é como se fosse uma ilha de lucidez no meio de tanta loucura. Eu preciso do meu melhor amigo do meu lado, enquanto ele ainda está por aqui!

Puxando os braços dela para o lado, Raphael a envolveu num abraço. Qualquer coisa era melhor do que o rosto dela ali, tão próximo do seu.

— Claro Luna. Eu estou aqui com você, como sempre estive.

Duas horas depois, Luna dormia envolvida nos braços de Raphael, enquanto ele lutava contra o sono. Ele fechou os olhos um instante e cheirou mais uma vez os cabelos dela. O doce perfume de mel e baunilha era tão familiar que ele o reconheceria a muitos quilômetros de distância. Sua cabeça implorava por uma pausa, mas o seu corpo não queria descansar. E, a cada movimento no sono de Luna, ela se aproximava ainda mais dele... O seu corpo ficava mais e mais grudado ao seu.

Ele não conseguiria mesmo dormir e, por isso, pensou em sair da cama, mas ela despertou por um instante e se virou, ficando de frente para ele, os dois rostos perigosamente próximos um do outro.

— Rapha! — Ela murmurou, meio acordada, meio dormindo, e ele tocou de leve o rosto daquela mulher que tinha bagunçado tanto o seu coração. Isso fez com que ela, consciente ou inconscientemente, também tocasse o rosto dele, num gesto de carinho. Ele não suportava mais. Quantos centímetros havia de distância entre os seus lábios? Quatro? Três? Assistiu, como se fosse um mero espectador naquele instante, o seu pescoço se movendo um pouco mais na direção dos lábios dela, como se não pudesse controlar mais nada e somente atendesse ao comando do seu coração, que dizia para que a beijasse.

O movimento despertou novamente a sonolenta Luna, que ao se mexer, diminuiu a distância entre os seus lábios para pouco mais de um centímetro. Ele sentiu que ela abria os olhos, por isso Raphael fechou os dele rapidamente, fingindo dormir.

Sentiu o hálito quente de Luna invadir as suas narinas, ouviu que ela suspirara. Aguentou firme, impávido e imóvel, até que ela se virou novamente, livrando-se do seu abraço e afastando-se do seu corpo, deixando Raphael por um lado aliviado, mas por outro, mais só do que qualquer ser humano na face da terra. Se o contato com a pele de Luna havia queimado o seu coração, derretendo o seu cérebro num desejo quase incontrolável, a distância de alguns centímetros agora parecia um decreto de banimento às geleiras da Antártida.

Não suportando aquela montanha-russa de emoções, Raphael se levantou, com cuidado para não a acordar. Mas era tarde demais, ela também parecia não conseguir dormir e se sentou na cama. Ele se acomodou, então, novamente ao seu lado, esfregando os olhos como se tivesse realmente dormido; mas, na verdade, não havia pregado os olhos por nem um minuto.

— Também não está conseguindo continuar a dormir? — Ele tocou o nariz de Luna com a ponta do dedo, como fazia muitas vezes. Ela sorriu e se embrulhou um pouco mais no seu cobertor:

— Estou muito agitada para dormir. Acho que preferiria dar uma volta lá fora. O que acha?

— Nós também topamos! — A resposta veio de Thorsten, do outro lado da porta. — Desculpem por escutarmos vocês dois, mas não estamos conseguindo dormir.

Ele e Hadar estavam na sala, também sem vontade nenhuma de dormir... Ou agitados demais para isso.

— Tenho uma ideia! — Os olhos de Raphael brilharam, quando ele adentrou a sala e encontrou Hadar e Thorsten espalhados no sofá. — Que tal relaxarmos um pouco na noite de Berlim?

Ela sentiu o seu coração, como se ele a enchesse de amor e proteção por cada poro da sua pele. Sentiu a alegria do amor puro, a grandeza do universo, como se tudo fizesse sentido e ela, Hadar, todas as pessoas em volta e tudo o que tinha vida... tudo isso fosse uma coisa só e pulsasse dentro daquele abraço.

16

Hadar concordou em sair com eles às 01:30 h da manhã, depois de ter sido convencido por Thorsten, que disse que ele deveria encarar essa experiência como uma possibilidade de uma investigação antropológica social sem precedentes. Mas só aceitou sob a condição de que não precisassem caminhar muito (seus pés ainda doíam, da mesma forma que as pernas de Luna) e que prometessem que não ficariam muito tempo por lá.

Passaram por um clube cheio de gente já se espremendo na porta e com garrafas de cerveja na mão. Chegaram rapidamente à conclusão de que não poderiam levar Hadar a um inferninho e Raphael teve a ideia de irem a um pequeno clube de Jazz, Soul e Blues, onde havia música ao vivo, sinuca, bebidas e gente de todas as idades – com isso ele queria dizer pessoas acima de 50 anos que não suportariam os inferninhos. Thorsten concordou, porque havia muito tempo que não ia a um lugar com música ao vivo. Luna concordou, porque gostava de bebidas. E Hadar concordou, porque não tinha outra opção mesmo.

Sentaram-se a uma mesa próxima ao pequeno palco, onde dois homens conectavam cabos e testavam microfones: um show havia acabado há pouco tempo e eles preparavam o próximo.

Raphael anunciou que iria ao bar pegar as bebidas e Luna pediu que ele lhe trouxesse um Mojito, quando percebeu que Thorsten abaixara a cabeça, mais uma vez encabulado por não ter dinheiro para pedir nada. Quando ela pensou em reagir, dizendo que pagaria a conta dele, Raphael foi mais rápido:

— Thorsten e Hadar, vocês são meus convidados, é claro. Você também, Luna. O que vão beber? Um vinho? Cerveja? Mojito, como a Luna?

O anjo balançou a cabeça negativamente, mas Thorsten, menos encabulado, argumentou:

— O meu amigo Halaliel sempre foi da opinião de que os monitores precisavam passar um tempo fazendo as coisas que os humanos fazem, porque assim poderiam entender melhor por que tomamos certas decisões estúpidas. — Ele deu um tapinha nas costas de Hadar e só então Luna reparou que o seu anjo da guarda ainda estava com o cone de papel alumínio na cabeça. Olhou em volta e se espantou com a falta de interesse das pessoas pela cena. Thorsten tinha razão. Nada era estranho demais para Berlim. Riu sozinha e resolveu incentivar Hadar:

— Thorsten tem razão, Hadar. Quem sabe isso não te ajuda a enxergar alguma coisa que não estamos vendo nessa história toda?

— Okay, eu vou tomar somente uma dose! — Hadar concordou depois de alguns segundos de hesitação, mesmo um pouco a contragosto. Qualquer coisa que pudesse ajudá-lo a enxergar uma solução seria bem-vinda.

— Ótimo, então traga dois uísques para nós, Raphael. Esse tipo de música a gente escuta tomando uísque.

Raphael mal havia retornado com as bebidas, quando as luzes do clube diminuíram, um holofote iluminou o pequeno palco à sua frente e uma mulher adentrou o tablado. Todos os outros presentes se levantaram e começaram a assobiar, aplaudir e gritar freneticamente, ao que a mulher sorriu elegantemente em agradecimento. Mas quando o baixista entoou as primeiras notas, todos se sentaram quase em silêncio total.

A mulher fechou os olhos, concentrada, e poucos segundos depois, quando começou a cantar, Luna e os outros três entenderam rapidamente o motivo da comoção geral. A mulher tinha uma voz poderosa e arrebatou os quatro já no primeiro acorde. Era impossível dizer qual a sua idade, mais de 40, menos de 60 anos, e qual a sua procedência... Ela parecia uma mistura de negros e asiáticos, tinha cabelos ruivos reluzentes e trajava um vestido carregado de paetês rosa. Mas nada disso chamava mais atenção do que a sua voz e a emoção com que cantava, como se pudesse arrebatar qualquer pessoa presente ali e levá-la para outro mundo com a sua música.

A primeira música que cantou foi de Nina Simone, "I Need Some Sugar in My Bowl". E passou por outras divas do Jazz e Soul, como Ella Fitzgerald e Etta James. Luna estava fascinada e, por algum motivo que não conseguia decifrar, um pouco tocada. Sentia vontade de chorar, mas não estava triste. Quando olhou para Hadar, viu que seu rosto estava banhado de lágrimas e ele sorria. Ele também estava emocionado! Ela então cutucou a perna de Raphael para que ele percebesse o estado de Hadar, mas, quando ele se virou, ela se surpreendeu quando ouviu dos próprios lábios:

— Você quer dançar comigo?

Como foi que ela dissera aquilo? Não estivera pensando nenhum segundo em dançar! Antes que pudesse "desdizer" o que havia dito e desfazer o convite, Raphael se levantou e tomou Luna pela mão, levando-a para o canto do clube onde alguns casais dançavam, não dando a ela tempo suficiente de protestar. Mas quando ele envolveu sua cintura e a abraçou, Luna retribuiu o abraço e se sentiu aliviada por estar ali, tão próxima dele. Essa era uma boa maneira de desfazer o mal-estar que ainda teimava em pairar entre os dois.

Como Raphael era bem mais alto que ela, Luna encostou sua cabeça em seu peito, enquanto seus braços envolviam o pescoço dele e os dois começaram a se deixar levar pela dança. A música era sensacional: "At Least", de Etta James, e mais uma vez

Luna sentiu vontade de chorar. *Mas por que raios estava tocada daquele jeito?* Logo sentiu que as mãos de Raphael em volta de sua cintura tremiam. Um arrepio subiu pela sua espinha quando sentiu que ele roçava seus cabelos com o queixo.

Quantas vezes os dois já haviam se abraçado? Quantas milhões de vezes já haviam dançado e estado tão próximos? Ela não saberia dizer. Mas por que naquela noite estava tudo tão diferente? Ela pensou no momento vivido há pouco tempo, em seu quarto, quando dormiam juntos e despertou com os lábios de Raphael quase encostados no seu. Sentiu uma fisgada em suas entranhas quando se lembrou de que sentiu uma vontade enorme de beijá-lo, como nunca havia sentido em sua vida. Lembrou-se da força enorme que teve que fazer para se virar para o outro lado e fingir continuar dormindo.

Começou a perceber como a letra daquela música e a voz forte daquela mulher invadiam mais e mais o seu coração. Levantou o pescoço para olhar para Raphael e mais uma vez sentiu sua estrutura se abalar ao encontrar os olhos dele com um brilho diferente do que conhecia. Será que...

Ele virou o rosto em sua direção, inclinando-se um pouco, e fechou os olhos, pousando os lábios em sua testa, como fizera milhões de vezes. Luna se convenceu então de que estivera pensando bobagens... Ele era somente seu amigo e obviamente também sentia muito por terem que se separar em breve.

Mas, mais uma vez, foi traída por algum tipo de força maior que ela e se surpreendeu com a própria mão acariciando de leve o rosto de Raphael, que abriu os olhos e num misto de surpresa, dor e receio, segurou a mão dela:

— Luna, eu...

Mas ela não queria ouvir nada. Num ímpeto, levou o dedo indicador até os lábios de Raphael, que praticamente assistiu, incrédulo, como os lábios de Luna foram se aproximando dos seus. Até que nenhum dos dois suportasse mais e deixassem que eles se tocassem, num beijo primeiramente macio, inesperadamente doce e calmo, mas logo quente e longo. Como se só houvesse os dois ali, naquele clube, naquele bairro, em toda a face da terra. Como se não houvesse disfarces capazes de segurar o desejo que se apossava dos dois naquele instante. Desejo, sim. Não amizade ou carinho fraternal. Aquele era um beijo cheio de desejo, entre um homem e uma mulher.

Quando os seus lábios se afastaram, parecia que uma mágica acabava de ser desfeita. A cantora havia entoado os últimos acordes e a música silenciava o constrangimento dos dois, parados no meio da pista de dança, ainda abraçados e de olhos fechados. Raphael foi o primeiro atingido pelo raio da lucidez, libertando o corpo de Luna de seu abraço e soltando suas mãos.

— Nossa! — Foi a única coisa que ele conseguiu dizer. E Luna, que havia praticado por anos a fio a arte de dizer as coisas erradas nos momentos mais inacreditáveis, de afastar as pessoas importantes de sua vida, de construir desastres amorosos por meio de castelos de ar, resolveu a situação com rapidez:

— Vamos voltar para a mesa. Estamos bêbados. Ou você acha que isso aqui aconteceria se estivéssemos lúcidos? — Ela deu um tapinha no ombro dele e riu. — Nossa, muita pressão faz a gente fazer besteira. Venha, vamos esquecer disso logo!

Raphael empalideceu, mas não reagiu. Só pediu um segundo antes de voltar à mesa. Precisava tomar um ar do lado de fora, disfarçou. Luna aproveitou para ir ao banheiro – não queria voltar para a mesa ainda, pois não tinha certeza se Thorsten e Hadar haviam visto o beijo dos dois. Enquanto lavava o rosto com a água gelada da pia do banheiro, amaldiçoava a si mesma pelo que tinha acontecido. Não entendia como aquilo se desencadeara. Pensou, pela primeira vez, que o acidente que havia sofrido podia realmente ter abalado suas faculdades mentais, pois não estava de posse delas quando convidou Raphael para dançar. Foi como se alguém falasse por meio de seus lábios.

Precisava dar um jeito de continuar fazendo "cara de paisagem" quando voltasse à mesa. E, principalmente, precisava imediatamente esquecer aquele beijo, que tinha sido maravilhoso e tinha feito com que suas pernas tremessem e quase a impedissem de caminhar em linha reta.

Caminhando de volta à mesa, rezava para que Raphael não olhasse para ela de um jeito estranho. Não queria estragar a amizade deles de jeito nenhum, mesmo tendo certeza de que em poucos dias ele sairia de sua via. Quem sabe ela estivesse pronta para continuar amiga dele, mesmo com a distância?

Mas qual não foi a sua surpresa quando ela retornou à mesa e encontrou os três de olhos arregalados, parecendo assustados.

— O que aconteceu? — Ela implorou mentalmente que aquilo não tivesse nada a ver com o beijo. Seria humilhação demais.

Hadar levantou a manga de sua camisa e mostrou à agora perplexa Luna o motivo da expressão de espanto dos três. No punho esquerdo, no lugar dos habituais algarismos, aparecia uma mensagem completa:

"Materialização por Luna. Magnólia ex-monitora. Ela chave. EOL 45 ciente. 101 h depois irreversível"

17

Já em casa, Luna, Raphael, Thorsten e Hadar estavam tão cheios de adrenalina que nem pensaram em dormir. Eram quatro horas da manhã e havia coisas demais para serem discutidas.

Luna parecia explodir! Eram muitas emoções ao mesmo tempo: além do beijo, que por si só já tinha potencial para desencadear muitas sessões de terapia, ela tinha tido a revelação de que sua avó tinha sido uma monitora ... Um anjo da guarda! Como isso seria possível? Ela conhecia muito bem a história da sua avó! Quantas vezes ela havia contado sobre o seu avô, do amor dos dois, da infância da sua mãe?

Sem contar as outras coisas que estavam enlouquecendo todo mundo, Hadar também estava abalado depois de ler a palavra "irreversível". Não suportava a ideia de correr o risco de ficar preso àquela dimensão contra a sua vontade.

Raphael estava tentando parecer calmo, mas o beijo que acontecera entre os dois, na pista de dança, bastou para colocar tudo de ponta cabeça, pois ele tinha tido a impressão nítida de que Luna sentia alguma coisa por ele, mas ela logo depois responsabilizou a pressão de toda aquela situação pelo arroubo do momento.

O único que parecia calmo era Thorsten. Enquanto Luna, Raphael e Hadar andavam nervosos de um lado para outro na sala e diziam coisas desconexas, Thorsten arrumou lápis e papel e rabiscou alguma coisa. Depois de algum tempo, pediu a atenção de todos:

— Vamos manter a calma, pessoal. Vamos checar todas as novas informações que tivemos e como chegamos até elas. Pela primeira vez houve, provavelmente, uma mudança nos algoritmos da mensagem. Alguma coisa propiciou essa mudança. Por isso, precisamos pensar de forma objetiva.

— Você tem razão, Thorsten. — Hadar esfregou os olhos cansados e se sentou perto do seu mais novo amigo. — Talvez fosse mais produtivo se pensássemos em todas as variáveis diferentes no momento da mensagem.

Raphael e Luna também se aproximaram dos dois, evitando olhar um para o outro, obviamente constrangidos ainda por causa do beijo.

Thorsten retomou a palavra:

— Então vamos lá. Hadar estava usando a antena bloqueadora de sinais, isso era igual. Mas o que estava diferente?

— O horário. — Raphael finalmente se manifestou. — Foi de madrugada. Em grande parte dos filmes de terror, por exemplo, as criaturas se manifestam de madrugada. A mesma coisa acontece com as abduções por extraterrestres.

Luna revirou os olhos, mas preferiu não bater boca com Raphael. Ainda mais quando Thorsten não foi totalmente contra o seu argumento:

— Você tem razão, Raphael. A madrugada está mais livre de interferências eletromagnéticas, pois a maioria das pessoas está dormindo.

— O local também pode ter exercido alguma influência. — Foi a vez de Hadar também dar a sua contribuição. — Pode ser que naquele lugar houvesse algum tipo de característica relevante como emanação enérgica, radioativa ou até mesmo sugestional.

— O que você quer dizer com isso, Hadar? Não consigo entender. — Luna mordia o lábio inferior nervosamente.

— É só uma teoria. Eu me senti diferente lá. De certa forma... emocionado.

Luna se lembrou da forma como Hadar chorou ao escutar a música da cantora de Soul:

— É verdade, Hadar, eu vi que a música daquela cantora te tocou bastante.

— Boa percepção, Luna. — Hadar arregalou os olhos, como se visse alguma coisa mais do que lógica. — Eu não estava assim antes da música. Será que tem a ver com o tipo de melodia?

— Pode ter a ver com a intensidade da voz da cantora. — Raphael sugeriu. — A intensidade sonora tem tanto a ver com a potência da fonte emissora, como com a quantidade de energia que o som é capaz de transportar. Isso pode ter tido alguma importância para a mudança dos algoritmos

— Exatamente! Boa sacada, Raphael. E também pode ter havido uma combinação entre outros fatores como o formato e o alcance da onda sonora emitida por aquela cantora. —Thorsten estava começando a ficar animado.

— E se a chave da questão for a cantora? Ela causou uma comoção geral só com a sua presença. Vocês se lembram de como todas as pessoas enlouqueceram quando ela pisou no palco? — Luna sugeriu, revivendo as próprias reações estranhas naquele clube, a partir do momento que aquela mulher abriu a boca para cantar. — Pode ser que ela seja a chave para tudo isso.

— Luna tem razão! — Thorsten se levantou e começou a caminhar pela sala. — Ela também me pareceu especial e a sua voz é muito poderosa, mas alguma coisa a mais pode ter causado essa reação em Hadar. Os seres humanos não são capazes de ouvir qualquer frequência sonora, na verdade, a nossa percepção é bastante limitada: só conseguimos ouvir frequências que se encontrem em um intervalo que vai de 20 Hz a 20.000 Hz. Hadar, como não humano, pode ter sido submetido a alguma frequência que nós não fomos. Daí a mensagem.

— Podemos voltar lá amanhã à noite, procurar saber se ela

vai fazer outra apresentação, sei lá. — Luna cruzou as mãos no colo, tentando disfarçar a agitação. — Mas também gostaria de saber sobre essa história envolvendo a minha avó Magnólia. Eu não consigo acreditar nisso, me desculpem.

Raphael foi quem revirou os olhos desta vez:

— Eu não te entendo, Luna. Você materializou o seu anjo da guarda na sua frente, mas não consegue acreditar que a sua avó também era um anjo?

— Isso é completamente diferente! — Luna protestou. — Eu convivi com a minha avó muitos anos, eu sei que ela era uma pessoa normal.

— Halaliel também era uma pessoa normal, Luna. — Thorsten se intrometeu, com cautela, mas quando Luna se levantou, ele logo percebeu que seria alvo dos nervos dela. Coisa que Raphael e Hadar, por ser seu anjo da guarda, conheciam muito bem:

— NORMAL? O seu amigo ficou mais de três décadas internado num hospício! — As veias saltavam no pescoço de Luna. — Minha avó não era doida. Isso eu posso garantir! E você também Hadar! — Agora ela olhava com raiva para o anjo. — Você pensa que eu não sei o que você está pensando? Eu sei que você acha que minha avó era uma fraca, uma desertora! Uma TRAIDORA!

Quando Luna gritou a última palavra, quase espumando de raiva, Hadar se levantou e foi até ela, parando à sua frente, plácido e imperturbável como uma montanha de quase dois metros de altura. Seu olhar era calmo e ele portava um sorriso que poderia parecer uma afronta para os menos avisados. Mas não era. Hadar havia cuidado de Luna por muitos anos, sabia como acalmá-la.

E isso bastou. Quando Luna levantou o olhar e mergulhou os seus olhos dentro dos dele, começou imediatamente a chorar. E ele a abraçou, envolvendo-a com carinho, deixando que ela liberasse o medo, a insegurança, a pressão, a angústia – e também a culpa que estava sentindo.

— Eu estou tão triste! — Chorando como uma menininha,

as palavras saíam com dificuldade. — Eu não sei o que pensar, é muita loucura de uma vez! Desculpe Hadar! Desculpe por ter te colocado nessa confusão. Eu não queria ter te trazido para cá, eu não sei como isso aconteceu! Desculpe!

Hadar fechou os olhos e começou a fazer carinho nos cabelos de Luna e ela foi se acalmando pouco a pouco. Em seguida, ele a pegou no colo, como se fosse um bebê. Raphael até pensou que ela fosse protestar, mas qual não foi a sua surpresa e a de Thorsten quando constataram que ela havia adormecido quase instantaneamente. Hadar não estava em plena posse de todos os seus poderes, mas o efeito de sua ligação com Luna ainda era muito potente.

O anjo deu dois passos na direção de Raphael e fez menção em entregá-la a ele:

— Por favor, coloque ela na cama. Se eu atravessar a porta do quarto perderei a antena bloqueadora por causa da minha altura. — Só então Raphael notou novamente o cone de papel alumínio da cabeça de Hadar. Ele também havia se acostumado com o apetrecho surreal.

Raphael pegou Luna nos braços com cuidado, com medo de que ela acordasse. Mas Hadar o tranquilizou:

— Ela dormirá profundamente por umas cinco horas. Acho que vocês dois deveriam fazer o mesmo.

Mas Thorsten se levantou, pegou o seu casaco e se dirigiu até a porta:

— Tenho uma contraproposta: Raphael toma conta de Luna e nós dois voltamos ao clube. Se tivermos sorte, ainda encontramos alguém que nos possa dar alguma informação sobre a cantora.

Hadar concordou imediatamente e nem respondeu: foi direto ao cabide onde estava pendurado o seu casaco e o vestiu. Mas, antes de sair, sorriu para Raphael, que olhava com carinho para Luna, dormindo em seus braços:

— Cuida da nossa menina, Raphael. E, quem sabe, reveja a ideia de partir depois de amanhã. Roma continuará lá depois dessa semana. Seria muito bom poder continuar contando com você, caro amigo.

Quando Hadar e Thorsten deixaram o apartamento, Raphael teve coragem de finalmente levar Luna para a cama, deitando-a com carinho. Depois de tirar os seus sapatos e cobri-la cuidadosamente com um lençol, ele tocou o seu rosto de leve, depois seus lábios. Logo o seu corpo estremeceu, pois se lembrou da sensação do beijo que o havia tirado de órbita e levado o seu coração primeiro aos céus da felicidade, para logo depois atirá-lo ao inferno da insegurança.

— Ah, Luna. Ah, se você pudesse entender o quanto eu te amo! — Ele sussurrou, antes de sair do quarto e se deitar no sofá, para tentar se refazer do turbilhão de emoções em que havia sido jogado, com ou sem sequestro de anjo da guarda.

18

Hadar e Thorsten não avançaram tanto quanto esperavam na sua empreitada em busca da cantora: ela já havia ido embora e o zelador do local, que deixava o clube justamente quando os dois chegaram para procurar por ela, obviamente se negou a dar informações pessoais sobre ela. Ele argumentou que muita gente pedia o telefone de Angelina _ pelo menos o nome dela eles sabiam, mas isso não era muito segredo _ e disse que ela voltaria a se apresentar ali daqui a uma semana. Tempo demais para quem só tinha pouco mais 98 horas antes de ficar preso de vez numa dimensão que não era a sua.

Depois de muita insistência e algumas mentiras, obviamente por parte de Thorsten, o zelador concordou em informar aos dois o endereço de e-mail de Angelina. Assim, se ela não quisesse o contato, poderia simplesmente bloqueá-los ou ignorá-los. Quando voltaram ao apartamento e encontraram Raphael e Luna dormindo, preferiram não os acordar. Mas também não podiam mais perder tempo. Por isso, Thorsten tomou emprestado o notebook de Luna que estava sobre a mesa.

— Só preciso me lembrar da minha senha! — Thorsten quase sussurrou, para não acordar Raphael que dormia no sofá, na mesma sala. Por sorte, depois de duas tentativas erradas, Thorsten conseguiu acessar sua caixa postal – esquecida há três anos – e, depois de ignorar os mais de trezentos e-mails recebidos, começou a redigir a mensagem para Angelina. Mas parou logo depois do cumprimento.

— O que eu escrevo? Não tenho ideia de como convencê-la!

— A verdade. — Hadar respondeu confiante. — Mas vamos *tergiversar*. O máximo que pode acontecer é ela pensar que você é *aparvalhado*.

Apesar de não saber que **tergiversar** significava falar com muitos rodeios e perceber que Hadar estava esgotado, por isso não conseguia adaptar tão bem o vocabulário como há pouco, Thorsten seguiu redigindo. Contou a Angelina que um amigo acreditava que ela poderia ajudá-lo: ele era o que as pessoas conhecem como anjo e havia ficado preso nessa dimensão. Escreveu ainda que ele tinha cerca de quatro dias para descobrir como voltar, e que ontem estivera presente no clube e achava que ela, de alguma forma, poderia contribuir para isso. Se Angelina quisesse, poderia entrar em contato por correio eletrônico. Além disso, informou a ela o endereço de Luna, caso ela quisesse fazer contato pessoalmente.

Depois de enviar o e-mail, Thorsten já ia fechar a sua caixa de correio eletrônico quando percebeu que havia recebido, além de várias propagandas de livrarias, lojas e afins, diversos e-mails de um endereço que remetia a um escritório de advocacia. Por curiosidade, abriu uma das mensagens com o assunto **Testamento**, e leu surpreso:

"Caro senhor Thorsten Mittelstadt:

Viemos por meio desta novamente informá-lo que alguns objetos que foram deixados como herança pelo seu tio-avô, senhor Günther Mittelstadt, se encontram sob a responsabilidade de nosso escritório à sua disposição todos os dias, a partir das sete horas da manhã, à rua..."

Thorsten coçou a cabeça e sorriu. Nem se lembrava direito da existência de um tio-avô, por isso não poderia ficar triste com o seu falecimento. Mas o fato de herdar alguns objetos que ele pudesse vender e tirar alguns trocados não faria mal algum. Entretanto, ele se controlou para não ficar animado demais: lembrou-se de um colega do abrigo para moradores de rua, que contou a todo mundo que havia recebido uma herança e até se despediu de todos, prometendo voltar para ajudar a um ou outro depois que tivesse resolvido toda a burocracia. Só não contaram com a sua volta duas horas depois, com um guarda-chuva e um abajur em mãos. Aquela tinha sido a sua herança.

Restava a Thorsten então anotar o endereço do escritório num pequeno pedaço de papel e passar lá, assim que tivesse uma oportunidade. Quem sabe ele receberia um par de sapatos de inverno ou algo que pudesse vender? Não poderia contar com a caridade de Luna para sempre para se alimentar. Logo voltaria para a vida nas ruas. Mas tentou esquecer um pouco disso tudo e voltar a atenção a Hadar, que tinha problemas, a seu ver, muito maiores que o dele.

— Agora já tentamos o contato com a cantora, a Angelina. Não podemos fazer nada nas próximas horas. Por que você não descansa um pouco também, como Raphael e Luna? — Ele esticou os braços por trás da cabeça, espreguiçando-se.

— Pode descansar Thorsten. Você merece. Eu ainda preciso de um momento a sós.

Thorsten então se levantou, deu um tapinha nas costas de Hadar e se dirigiu novamente para o quarto onde havia tentado dormir horas antes. Ele montou a canga novamente como uma rede e se deitou, dormindo quase instantaneamente.

Agora Hadar estava sozinho. Agora podia dar vazão aos seus sentimentos. Agora podia ser o que era. Sem medo de que os outros o julgassem, ou que ele próprio se visse na obrigação de alimentar qualquer expectativa.

Caminhou até a varanda e se pôs a olhar para o horizonte. Lá fora, o sol começava a surgir, esticando seus primeiros raios no céu de Berlim, como uma criança sonolenta se espreguiça depois de uma noite de repleta de sonhos com brinquedos e aventuras. Sob aquele céu, se encontravam pessoas com as mais diferentes histórias. O sol iluminava os felizes e os infelizes, os ditosos e os desgraçados. Quantas vidas estavam envoltas num emaranhado de tramas, problemas, confusões, tristezas e alegrias!

Ali, perto dele, naquele apartamento, três exemplos de pessoas jovens, cheias de sonhos e esperanças, mas com medos e inseguranças que eram verdadeiras amarras para a sua felicidade. Pensou em Thorsten e se perguntava como ele havia chegado àquele ponto, de estar tão psicologicamente abalado que perdeu o controle de sua vida e foi parar na rua. E Raphael, que obviamente não via que estava fugindo da chance de ser feliz ali mesmo, ao lado de Luna – que por sua vez era orgulhosa demais para perceber a mesma coisa.

Onde estavam os monitores, que não perceberam os sofrimentos de seus clientes? Por que ele havia se comportado tanto como um **monitor** para Luna e não como um anjo, como ela desejava tanto? Ao poupá-la das dores do corpo, ele deixou muitas vezes que ela machucasse a sua alma: quando como abandonou todos os amigos que tinha, já por várias vezes, simplesmente porque foi incapaz de pedir desculpas ou de aceitá-las.

Por um momento, conseguiu entender o movimento dos monitores rebeldes, que defenderam, há muitos anos, o estágio obrigatório na terra. Ele entendeu que, somente estando ao lado dos humanos, poderia ter humanidade bastante para se tornar um anjo. "Precisamos de mais humanidade", era o slogan dos revoltados. E hoje, depois de ter criticado por tantas vezes esse movimento rebelde, ele entendia perfeitamente a sua mensagem.

De repente, lembrou-se do que Luna dissera na manhã do dia anterior: que ele talvez devesse entrar em contato com o seu chefe, o "chefão", que os humanos chamavam de Deus. Ele mesmo tinha dito a ela que a situação não era tão simples assim como ela havia julgado, que não era o tipo de anjo que a religião humana acreditava que ele era, um mensageiro de Deus, com ligação direta e permanente com o Criador. Mas ele não tinha dito a Luna uma coisa: que havia aprendido mais com os humanos naqueles dias de convivência do que em todos os treinamentos dos quais havia participado, nos últimos 10 mandatos.

"Em Roma, faça como os romanos", era um provérbio terreno que havia escutado, e que agora também fazia todo sentido. Fechando os olhos, ele resolveu recorrer ao método terreno de comunicação com o divino e, para a sua própria surpresa, começou uma espécie de oração, em voz baixa e tímida:

— Elevo meu pensamento à grande Força Universal. Agradeço a oportunidade do aprendizado a que estou sendo submetido. Mas peço que não me abandone!

Foram poucas palavras, ditas de forma simples. Mas quando Hadar abriu os olhos novamente, parece que o sol havia terminado o ritual preguiçoso e se apresentava completo e cheio de disposição, no céu de Berlim. Hadar se sentiu pleno de coragem e confiança e voltou para dentro do apartamento, disposto a dormir por um instante. Depois de quase 70 horas vivendo como um humano, ele tinha adquirido uma característica dos terrestres que nunca mais esqueceria: ele tinha aprendido a ter esperança.

Eram quase 9 horas quando Luna abriu os olhos. Não se lembrava direito como tinha adormecido, mas estava se sentindo bem, descansada, como há muito tempo não se sentia. Tentou recapitular os últimos acontecimentos, pois a sensação era a de que tinha se embriagado na noite anterior, mas sem a dor de cabeça e o mal-estar, só o esquecimento.

Mas logo tudo veio à sua mente de uma vez: o clube, a cantora, a dança com Raphael, o beijo! Sentiu na mesma hora o seu rosto queimar. Como foi que tinha deixado aquilo acontecer? Além disso, lembrou-se da nova mensagem de Hadar, que havia fotografado com o seu celular. Levou às mãos o aparelho, que estava ao lado de sua cama, e releu a mensagem que tanto a havia desestabilizado na madrugada anterior:

"Materialização por Luna. Magnólia ex-monitora. Ela chave. EOL 45 ciente. 101 h depois irreversível"

Uma mensagem curta, mas cheia de acusações e revelações: a culpa da materialização de Hadar era dela, apesar de não ter a menor ideia de como tinha provocado aquilo. Além do mais, sua avó também tinha sido um anjo da guarda, que provavelmente tinha desertado de sua função. Por que motivo essa informação era importante para Hadar, ela não sabia. Queria mesmo era nunca ter descoberto aquele segredo, porque sua avó nunca poderia lhe explicar nada, nem lhe contar dos seus motivos.

Estava sozinha no quarto e imaginou que Raphael tivesse preferido dormir no sofá. Tinha sido melhor assim depois do beijo. O que mais seria diferente entre os dois depois daquilo? Lembrou-se de quantas vezes dividiu a cama com Raphael, e teve que admitir que o contato físico dos dois era realmente íntimo demais para dois adultos que se declaravam "somente bons amigos".

Avistou então a sua cômoda, onde descansavam alguns porta-retratos com fotos de seus pais, de sua querida avó Magnólia, e um porta-retratos maior, composto de oito fotos dela e Raphael juntos, em diversos momentos nos últimos dois anos: eles estavam sempre abraçados, grudados ou até deitados agarradinhos, como numa foto que havia feito num festival do norte da Alemanha, onde dividiram uma barraca de camping. Perto demais, íntimos demais. Mas por que somente agora essa proximidade parecia perigosa?

Teve que pensar em Anna, a colega de redação da rádio Fun Berlin, que sempre olhava de cara feia para ela quando Raphael e ela se abraçavam ou estavam muito próximos um do outro. Há cerca de um ano, quando Luna ainda dizia aos quatro ventos que eles eram realmente somente bons amigos, Anna a chamou num canto depois de uma reunião de trabalho e abriu o jogo com ela:

— Luna, eu **quero** o Raphael. Se você não quer nada com ele e vocês são mesmo apenas bons amigos, afaste-se dele e deixe espaço para mim. Você está atrapalhando a minha estratégia de aproximação.

A "chacoalhada" de Anna só havia provocado o efeito contrário: Luna se aproximara ainda mais de Raphael e o convenceu de que os dois deviam deixar no ar, na redação, que tinham um caso. Pensando nisso, naquele momento, ela se assustou com a própria atitude. Que tipo de amiga era ela que não permitia que o melhor amigo tivesse direito a uma vida amorosa? Será que ela sentia um algo mais por Raphael e nunca tinha percebido de verdade?

Precisava falar com alguém sobre isso. Mas seu melhor – aliás, único – amigo de verdade, no momento, era o próprio Raphael. Não podia contar com ninguém, já que havia deixado no passado todos os outros relacionamentos sinceros de amizade, por decepção, raiva ou mágoa. Só podia contar consigo mesma, por isso, só tinha uma coisa a fazer: esticando o braço, buscou a gaveta da mesa de cabeceira e tirou de lá um caderno com capa dura e aparência antiga, com muitas centenas de páginas – algumas já um pouco amareladas. Aquele tinha sido o seu diário já por mais de 20 anos.

Não sabia se poderia chamá-lo de diário, pois ela escrevia somente quando tinha vontade, estivesse muito alegre ou muito triste. Por isso mesmo, buscou então nas suas anotações qualquer coisa que pudesse ajudá-la. E folheando os próprios escritos, percebeu, desde as primeiras páginas, que a pessoa mais presente ali não era Raphael, nem sua família, nem nenhum dos namorados anteriores. Em quase todas as anotações ela citava somente uma "pessoa": Hadar.

"24/01/2005 – Se um dia eu conseguir rever meu anjo da guarda, terei uma séria conversa com ele: mais uma vez tive uma decepção e..."

"14/07/2008 – Ah, anjo da guarda, tenha certeza de que um dia vamos nos reencontrar e você vai ter que dar um jeito na minha vida, pois assim não dá!"

"09/09/2012 – Hoje fiz uma prece para o meu anjo da guarda e acho que ele me ouviu. Não foi um pedido, não. Foi uma ameaça! Até quando a minha vida vai continuar essa bagunça desarrumada?"

"05/03/2017 – Hoje decidi ir embora dessa cidade e me mudar para Berlim. Está escutando, anjo da guarda? Se eu conseguir te rever, você não vai escapar de mim!"

Fechou o diário rapidamente, assustada. Se Hadar lesse aquilo, ela estaria perdida! Ou será que ele conhecia o teor daquelas páginas, já que tinha "superpoderes"? Sentiu vergonha de si mesma, agora que conhecia Hadar: ela o tinha ameaçado diversas vezes! Será que ela o tinha realmente sequestrado, como ele tinha dado a entender?

Ela guardou o diário novamente e resolveu se levantar. Foi para a sala, disposta a pensar em outra coisa e a encarar Raphael. Mas não o encontrou. Ele havia saído e deixado somente um bilhete sobre a mesa:

"Oi Luna, achei melhor não te acordar. Preciso encaixotar minhas coisas, preparar a mudança. Volto antes do meio-dia para continuarmos a planejar como devolver seu anjo. Raphael."

Seu bilhete havia sido tão direto! Nenhum "beijo" ou alguma gracinha que ele sempre escrevia para ela... E ela teria que se acostumar com isso, depois do que tinha acontecido no clube. Aliás, ela nem precisava se acostumar com isso. Em três dias ele iria para Roma e a situação se resolveria por si mesma. Por bem ou por mal.

Foi interrompida em seus pensamentos por Hadar, que entrou na sala, esfregando os olhos e com cara de assustado, como se alguém o tivesse despertado.

— Quanto tempo eu dormi? Já se passaram muitas horas?

— Calma Hadar! — Luna tentou tranquilizá-lo, um pouco envergonhada por se lembrar dos escritos de seu diário. — Nenhum de nós dormiu tanto assim.

Mas Luna mal teve tempo de começar qualquer outro assunto com ele, pois o som da campainha ecoou pela sua sala. Quem poderia ser àquela hora da manhã, em pleno sábado? Como se tivesse escutado uma sirene de alerta para a declaração da terceira guerra mundial, Thorsten pulou da cama (aliás, da rede-canga-cachecol) e chegou até a sala em três segundos, afobado, com o rosto amassado de sono:

— Deve ser ela! Deixa que eu abro! — E praticamente atropelando Luna, ele passou à sua frente e abriu a porta, ignorando o seu protesto:

— Mas o que é que você...

— Angelina! Você recebeu o meu e-mail! Entre, por favor! — Thorsten se curvou numa reverência para a sorridente Angelina, parada ao vão da porta. O sorriso daquela mulher de aparência exótica reluzia tanto quanto os seus olhos repuxados – que chamavam para si toda a atenção da sala, contrastando com a sua pele negra e seus cabelos ruivos reluzentes. Ela entrou, primeiramente entregando a Thorsten uma cesta de piquenique e se dirigiu logo em seguida à Luna. Num gesto carinhoso, segurou os seus braços quase num abraço, tão espontâneo que Luna quase esqueceu de que queria matar Thorsten pela audácia e de que não tinha a menor ideia de como a cantora da noite passada tinha ido parar ali, na sua sala.

— Olá! Muito bom dia e prazer em conhecê-la! Pelo que estou percebendo, ninguém te avisou que fui convidada para o café da manhã! Meu nome é Angelina! Obrigada por me receber em seu apartamento. Como é o seu nome, menina?

— Luna. Entre, Angelina. Sente-se por favor! — Luna deixou sua raiva para lá. Como Angelina era simpática e cativante! E qualquer mulher com menos de 90 anos que chamasse uma mulher de quase 30 de "menina" merecia seu amor eterno. — Você tem razão. Eu não tinha sido informada de que você viria, mas isso não tem a menor importância. Estou feliz que você tenha vindo! — Ela disse e fechou a porta atrás de si.

Angelina voltou então a atenção para Hadar e Thorsten, de pé, um ao lado do outro:

— Deixe-me ver, se você é o deus do trovão, filho de Odin, esse aqui ao seu lado deve ser o anjo!

Thorsten sorriu, de um jeito que nem Hadar nem Luna já tinham presenciado – era um sorriso de vaidade: ele pelo jeito costumava ter sido comparado ao ator que interpretava Thor no cinema, mas parecia que esse elogio andava um pouco em falta nas prateleiras do seu ego nos últimos tempos.

Hadar também sorriu, aliviado por poder ser absolutamente sincero com Angelina. Ele deu um passo na sua direção:

— Meu nome é Hadar! — Disse, esticando a mão para cumprimentá-la, ao que ela recusou, com educação.

— Infelizmente, minhas experiências mostraram que é melhor não levar um choque elétrico logo pela manhã! — Hadar, levando a mão à cabeça, percebeu, espantado, que havia esquecido de colocar o "chapéu" de papel alumínio pela primeira vez.

Luna, que ainda estava perplexa porque Angelina fora tão natural ao dizer que Hadar era um anjo, mal podia acreditar que ela sabia dos eletrochoques:

— Como você sabe? — Luna quase gritou, mas Thorsten também estava chocado:

— Mais do que "como", a pergunta é "por que" você sabe disso?

— Calma vocês dois! — Hadar se pronunciava pela primeira vez à frente de Angelina. — Primeiramente, agradeço profundamente a sua vinda e me desculpo desde já pelos meus *loquazes* e interessados amigos. Mas todos estamos em *alvíssaras* ao recebê-la! Algo me diz que já seremos, em breve, todos *desasnados* com relação a isso.

Angelina soltou uma gargalhada, jogando a cabeça ruiva para trás:

— Que felicidade a minha em poder escutar palavras tão raras novamente! Obrigada, Hadar, por essa alegria! Amo escutar um anjo recém-chegado. É sempre um prazer!

— Como assim? Você conhece outros anjos? — Hadar estava boquiaberto.

— Podemos dizer que sim. Vamos continuar essa conversa sob uma condição: eu trouxe um café bem-feito e várias guloseimas que podem alimentar um batalhão, por isso, vamos comer o desjejum com muita calma. Na vida, eu aprendi que somente boa comida pode fazer certos absurdos parecerem normais.

21

O rebuliço que reinava no salão de conferências do Departamento Independente de Proteção Individual (DIPI) da EOL 45 era enorme. Três equipes dividiam o espaço e enchiam o recinto de discussões, teses e hologramas que tomavam quase todo o ambiente. Uma cena que não se via há pelo menos cinco mandatos, desde que a transmissão e recepção telepáticas haviam sido designadas como protocolo oficial de comunicação da DIPI.

Hubertus, que há pouco menos de 20 horas havia se enchido de otimismo, agora coçava o couro cabeludo (na ausência de cabelos) preocupado. Ele estava mais perdido do que antes e via a data da sua aposentadoria se afastar cada vez mais. Pior que isso... Ele suspeitava estar diante de uma situação muito mais séria do que um "simples sequestro".

Tudo começou quando os funcionários do Departamento de Interface Telepática Integrada encaminharam Hadar e o seu grupo de amigos terrestres para um clube, de onde emanava uma grande concentração de energia biocósmica, material energético que poderia facilitar a anulação dos sinais eletromagnéticos que bloqueavam o canal de comunicação entre as duas dimensões.

Eles só não poderiam contar com o que se sucedeu lá: a irradiação dessa energia não estava ligada ao local, mas sim a uma única fonte: uma cantora, conhecida como Angelina, que emitia ondas de uma frequência quase equivalente à do canal de comunicação dos monitores – um fenômeno do qual nenhum integrante da DIPI já tivera conhecimento anteriormente.

A quantidade e a concentração da energia biocósmica, emitida pela cantora durante sua apresentação, abriu um precedente inesperado nos parâmetros da comunicação: a equipe conseguiu incluir letras na mensagem e, desta forma, decidiu rapidamente pelo envio do alerta de que a avó de Luna tinha sido uma monitora e exercia, provavelmente, um papel de destaque para a solução de todo o caso.

Entretanto, por mais que pesquisassem sobre aquela mulher, a cantora parecia não ter nenhum tipo de ligação com o Departamento, nem naquela EOL e nem nas outras jurisdições. Uma imagem holográfica dela já estava circulando na rede de comunicação que interligava todos os órgãos da dimensão e eles aguardavam, ansiosos, algum retorno sobre quem ela poderia ser.

O pior é que eles sabiam: a cantora já tinha tomado conhecimento de que Hadar era um anjo. Ela até tinha o endereço do apartamento de Luna. Mas Hadar havia tirado o cone bloqueador antes de dormir e a comunicação tinha sido cortada. Eles estavam há mais de quatro horas terrestres sem contato visual e Hubertus quase roía suas unhas angelicais por estar perdendo momentos decisivos.

— Você acha que a cantora tem alguma coisa a ver com o sequestro? — Maxim trouxe Hubertus de suas reflexões, perguntando baixinho.

— Não. Isso não! — Ele retrucou. — Mas sinto que ela é uma das chaves para algo muito maior por trás de tudo isso. Minha intuição me diz que...

Ele só não conseguiu terminar a frase, pois um dos funcionários da equipe de pesquisa chegava esbaforido até ele:

— Com licença, Hubertus, temos uma nova informação

que pode te interessar. Quero dizer... desculpe, senhor, não estou acostumado a falar e esqueci a forma ideal de tratamento. Devo chamá-lo de senhor ou posso chamá-lo de você?

Hubertus se endireitou na cadeira e gesticulou impaciente:

— Deixe de cerimônias. O que tem de novo no caso?

— A cantora... Angelina... — Ele ainda estava constrangido diante do chefe. — Conseguimos finalmente uma informação a seu respeito!

— Já não era sem tempo! — Hubertus se recostou na cadeira, aliviado. — O que você me diz sobre ela?

— Ela nasceu em Gana. A jurisdição responsável por ela é a EAL 34. Seu nome é Angelina Eyadey e ela migrou para a Alemanha em 1980. O senhor quer que eu leia a ficha toda?

— Não, só me responda uma coisa: há alguma informação relevante para o caso?

— Sim, senhor. De fato, uma coisa chamou minha atenção: o avô paterno de Angelina era monitor da EAL 34, que desertou do cargo por ter se apaixonado por sua cliente. Casou-se com ela na terra. O intercâmbio entre as dimensões no continente africano parece ser um pouco mais desenvolvido que nas EOL; por isso, há registros de que ele tenha feito grandes progressos no estudo de ex-monitores materializados. E também dos seus descendentes.

Voltando sua atenção a Maxim, que assistia a tudo calado, Hubertus suspirou fundo:

— Entende agora a minha preocupação? Algo me diz que teremos que fazer uma excursão à terra.

Apesar do estado de choque de Hadar, Thorsten e Luna, Angelina fez questão de que, primeiramente, todos se sentassem à mesa e se ocupassem do café da manhã, tirando da sua cesta de piquenique várias delícias culinárias: bolinhos e biscoitos de vários sabores, diversos tipos de chá e geleias. Assim, ela submeteu Hadar a uma pequena "tortura", já que ele queria contar tudo o que havia acontecido com ele e saber de tudo o que ela pudesse narrar, mas ela só tinha um interesse:

— Calma, meu amigo. Primeiramente gostaria que você provasse algumas coisas. Você vai me agradecer quando estiver de volta para a sua pátria.

— Não me leve a mal, Angelina, mas eu prefiro falar sobre a situação do que...

— Eu não aceito um **não** como resposta, Hadar. E vocês dois também: sirvam-se! — Ela praticamente ordenou a Thorsten e Luna, que não ousaram desobedecer.

— Prove isso aqui, Hadar. O nome disso é "pão de queijo". — Ela disse, tirando a delícia de um pote térmico especial. Os pãezinhos ainda estavam tão quentes que uma fumacinha subiu ao ar e encheu a sala do cheiro inigualável da iguaria brasileira. Luna quase se derreteu:

— Meu Deus, Angelina! Você não tem ideia de como eu amo isso! Isso é uma especialidade do meu país! — Ela disparou, enquanto pegava dois pães de queijo de uma vez.

— Eu sei, eu soube que você era brasileira ontem na hora que te vi com o seu namorado. Por isso imaginei que você também ficaria feliz em comer um pão de queijo. Eu preparei hoje cedinho. Recebi a receita de uma amiga brasileira há mais de 30 anos e faço sempre em ocasiões especiais. É uma delícia, não é?

Enfiando os dois pães de queijo quase de uma vez na boca, Luna assentiu com a cabeça, aproveitando a quentura do salgado para disfarçar a vermelhidão que se espalhara pelo seu rosto quando Angelina disse que Raphael era seu namorado. O beijo não deve ter passado despercebido a ela.

Thorsten tomou a vasilha das mãos de Angelina antes que Hadar pudesse provar um pãozinho:

— Me deixa ver! Adoro pão e adoro queijo! Tenho certeza de que vou gostar desse negócio!

— Calma rapaz! Tem bastante aqui para todos nós! — Angelina riu, pegando a vasilha de volta e colocando um pão de queijo na frente de Hadar. — Está vendo, Hadar? Você precisa comer um pão de queijo, pelo menos, antes de começarmos a conversar.

Mesmo contrariado, Hadar levou a iguaria a boca. Ele já ia protestar e pedir que ela começasse então a falar enquanto comia, mas o sabor e a textura daquela delícia gastronômica o surpreenderam. Ele arregalou os olhos:

— Isso é... isso é... supimpa! — Ele enfiou o resto na boca e logo pegou outro na vasilha.

Os três riram do jeito que Hadar havia mudado de opinião tão rapidamente e Angelina continuou com a sua estratégia: apresentou-lhe carolinas, croissants, bolinhos, sonhos. Ele provou um pouco de cada coisa e logo a conversa girou em torno de receitas, ingredientes e modos de preparo. Luna ficou impressionada em saber que Thorsten conhecia o nome de diversos quitutes dos quais ela nunca havia ouvido falar.

— A nossa clínica tinha uma cozinha própria para uso terapêutico e lá frequentei diversos cursos, principalmente de confeitaria.

Thorsten contou então, de forma natural e descontraída, toda a sua história para Angelina: sobre seus estudos e seu burnout, sobre a sua permanência na clínica, o encontro com Halaliel e suas anotações. O mesmo aconteceu com Luna: entre um pão de queijo e outro, um gole de café e um croissant, contou para Angelina sobre si, sua infância e o encontro com Hadar.

Por conta da descontração com a comida, Hadar se acalmou e também colocou Angelina a par de toda a situação. Contou, inclusive, sobre a mudança nos parâmetros da mensagem na noite anterior.

— Todas as mensagens anteriores continham somente

números. Os da noite passada continham números e letras. Por isso, achamos que você tem a ver com isso, de alguma forma. — Thorsten explicou e Luna mostrou a Angelina a foto que havia feito da mensagem.

— Ainda mais, quando você começou a cantar! — Os olhos de Hadar quase se encheram novamente de lágrimas. — E agora, você nos conta que conheceu outros monitores... Eu fiquei a me *inquirir* se uma coisa está *adstrita* à outra.

— Ei! Hadar tem razão! — Luna observou. — No clube, ontem à noite, eu também me senti assim! Disse coisas que, na verdade, era como se não fosse eu! — Seu rosto se tornou uma massa vermelha ao se lembrar de como chamou Raphael para dançar e, logo depois, o beijou na pista de dança.

Thorsten parecia um pouco confuso e ficou calado por alguns instantes. Mas logo deu uma gargalhada, fazendo com que todos voltassem a sua atenção para ele:

— Está muito claro! Halaliel me contou sobre certos "poderes" dos cupidos. Hipnotismo, telepatia, sugestão mental... Você tem alguma ligação com cupidos, não é mesmo?

Hadar sabia que os colegas Monitores de Encaminhamento para Relacionamentos Interpessoais de Natureza Afetiva, que os humanos chamavam de cupidos, usavam certos "subterfúgios" quando estavam fora de serviço, até mesmo entre outros colegas, mesmo sem intenção de prejudicá-los. Era mais forte que eles.

— É isso, Angelina? — Ele perguntou, calmamente. — Você é uma de nós?

— Não. — Ela sorriu, abrindo os braços, como se fosse falar a coisa mais natural do mundo. — Eu sou uma filha de Nefilin. — E virando-se para Luna, completou: — Da mesma forma que a Luna. Eu e você temos algumas faculdades que os outros humanos não têm. Nós duas temos um pouco de anjo dentro de nós.

Sob aquele céu, se encontravam pessoas com as mais diferentes histórias. O sol iluminava os felizes e os infelizes, os ditosos e os desgraçados. Quantas vidas estavam envoltas num emaranhado de tramas, problemas, confusões, tristezas e alegrias!

21

— O conceito de "Nefilin" é cercado de muitas discussões teológicas, mas, em suma, quer dizer "filho de anjo". — Thorsten tentou explicar à Luna, que ainda estava chocada com as últimas palavras de Angelina, dizendo que as duas eram filhas de Nefilin. — Ou seja, uma filha de Nefilin é neta de um anjo.

Ele se ajeitou na cadeira antes de continuar:

— Mas o termo Nefilin é ligado, na Bíblia, a gigantes violentos que nasceram da união de anjos maus com mulheres nos dias de Noé, produzindo uma raça de monstros, como se fossem semideuses, demônios ou anjos-homens.

Angelina continuou sua narrativa quando percebeu que Luna parecia ainda mais confusa:

— Durante toda a sua vida terrena, meu avô fez muitas anotações sobre o meu pai, que seria diretamente um Nefilin. E como conhecia outros anjos desertores em Gana, principalmente próximo à "nossa" floresta, observou também a vida de outros Nefilins e chegou à conclusão de que a passagem bíblica deveria ter outro significado que não o literal, pois meu pai era um pouco tirano na educação dos filhos, mas monstro ele não era! — Ela completou, sorrindo, ao se lembrar do pai.

Se Hadar já estava surpreso por ouvir Angelina falar com tanta naturalidade sobre outros monitores que desertaram e viveram naturalmente entre os homens, Thorsten, então, estava no céu em escutar tantos detalhes sobre pesquisas com monitores e seus descendentes:

— Isso é fantástico! Que objeto de estudo impressionante! E que condições perfeitas de pesquisa! — Ele vibrou de alegria. — E pelo que você conta, nos dá a entender que o grupo social em que cresceu sabia da origem do seu avô?

— Exatamente. De onde eu venho, os segredos entre o céu e a terra quase não podem ser chamados de segredos. É quase uma fofoca celestial! — Ela riu da própria piada e depois continuou. — Nossa ligação com o sobrenatural é muito intensa!

Angelina contou então que sua avó morava numa pequena "tribo" que fazia margem com a Reserva Florestal de Atewa, na região leste do Gana, internacionalmente reconhecida como um dos ecossistemas de mais alta prioridade na África Ocidental. Seu avô vivera uma história um pouco parecida, de alguma forma, com a de Halaliel: ele tinha sido um cupido que acabou se apaixonando pela cliente: no caso, a avó de Angelina. Mas seu sentimento foi correspondido e os dois viveram uma linda história de amor por mais de 50 anos, às margens da floresta, onde o ex-monitor mantinha contato permanente com a dimensão dos monitores.

— Como o povo da nossa tribo estava acostumado com comunicações espirituais, logo todo mundo ficou sabendo da origem de meu avô. Ainda mais por causa da sua aparência física: a ele devo esses meus olhos asiáticos.

Ela contou que sua avó tinha verdadeira paixão por chineses e quando o avô se materializou, assumiu a forma física dos pensamentos de sua avó: uma cópia de Bruce Lee.

— Mas em que ponto dessa história entra você com as suas "habilidades especiais"? — Luna estava impaciente.

— Quando eu nasci e as crianças dos outros Nefilins foram nascendo, meu avô percebeu que a maioria de nós era especial: os choques elétricos, por exemplo: a maioria dos netos de monitores provocavam choques elétricos em contato a pele de qualquer ex-monitor.

— O que pode ter a ver com a diferença de potencial energético humano e celestial nos dois indivíduos com cargas parecidas! — Os olhos de Thorsten brilhavam. Ele tinha avançado mais em sua pesquisa naqueles instantes do que nos últimos três anos.

— Além disso, meu avô concluiu que nós, filhos de Nefilin, possuíamos uma fração das habilidades que eles mesmos possuíam antes da materialização. Essa habilidade varia de pessoa por pessoa, mas está lá.

Luna engoliu em seco. Então ela também tinha "superpoderes"? Não conseguia se lembrar de nada especial que já tenha feito na vida, exceto... Seria por isso que ela tinha conseguido materializar Hadar? Ele parecia ter lido os seus pensamentos e dirigiu-se a ela com ternura.

— Então sabemos como você conseguiu me trazer para cá, minha menina. Só nos resta saber o porquê.

— E como reverter a situação. — Thorsten completou.

Refletindo por alguns instantes, Luna teve um lampejo. Levantou-se e foi até o armário da cozinha, de onde tirou o antigo livro de receitas de sua avó.

— Acho que aqui encontraremos a resposta! — Ela disse radiante, balançando o caderno do ar.

Mal terminara de dizer aquilo, a campainha tocou. Era Raphael, que retornava, depois de ter adiantado um pouco as coisas para a mudança. Feitas as apresentações e depois de escutar um resumo das últimas conclusões (nefilins, poderes, Gana), ele não pode deixar de fazer uma brincadeira com Luna:

— Depois de estudar sobre a sua cultura, eu poderia jurar que você era "filha duma égua" — Ele disse com um sotaque meio italiano, meio baiano. Mas filha de Nefilin, isso para mim é novidade! — Ele riu e Luna também não se aguentou, gargalhando também e jogando uma almofada para cima dele, enquanto ele ocupava uma das mãos com o último pão de queijo que restara sobre a mesa e se defendia com outra.

Luna estava aliviada por ele ter voltado e estar se comportando "normalmente" com ela, pois ela sabia que boa parte do "normal" entre os dois consistia em implicâncias e brincadeiras, quase sempre de mau gosto. Tudo melhor que o "climão" que havia reinado na noite anterior, depois do beijo.

— E o que o livro de receitas de sua avó tem a ver com isso? — Ele tentou voltar à seriedade do assunto, antes de enfiar o resto do pão de queijo na boca.

— Não sei. É só um pressentimento. — Ela foi sincera. — Acho que por causa dos recadinhos que ela escreveu por toda parte. Poderíamos investigar.

Angelina se recostou na cadeira e respirou fundo, antes de dizer:

— Não quero despertar falsas esperanças em ninguém, mas eu sinto uma grande concentração de energia vindo daí. Eu me arrepiei na hora que você veio com o caderno para cá.

Hadar também se manifestou:

— Eu também. Não estou de posse de meus atributos, mas meu instinto ainda está bem aguçado.

Os olhos de Angelina brilharam quando ela teve uma inspiração:

— Agora me veio uma coisa em mente: meu avô disse uma vez que alguns ex-monitores criptografavam mensagens, que poderiam ser lidas somente por monitores ainda de posse dos seus atributos. Talvez sua avó tenha feito isso também! Por isso a sensação dessa energia vindo do caderno.

— Pode até ser! — Luna folheava o caderno aleatoriamente. — Mas onde vamos arrumar um monitor "empoderado" nessa altura do campeonato?

Thorsten se levantou começou a andar pela sala, como fazia quando estava chegando a uma conclusão:

— Um monitor desmaterializado será difícil... Mas, pelo menos, um pouco de monitor temos aqui: vocês duas têm algumas faculdades dos monitores. Que tal tentarem, juntas?

Luna e Angelina se entreolharam, como se comunicassem, sem palavras, que uma tentativa valeria a pena. Aproximando sua cadeira da de Luna, Angelina sinalizou que as duas pegassem, juntas, o caderno em mãos.

Foi o que fizeram. Segurando o caderno no ar, as duas olhavam uma para a outra, praticamente prendendo a respiração. Mas nada acontecia.

— Valeu a tentativa. — Luna soltou o caderno, desanimada. — Mas não aconteceu nada. Não é por aí.

— Esperem! — Raphael interveio. — Angelina, o que vou dizer pode parecer estranho, mas e se você cantasse alguma coisa enquanto vocês duas seguram o caderno? Parece que boa parte da sua energia advém do seu canto.

— Que sagaz de sua parte, Raphael! — Hadar se entusiasmou. — O canto de Angelina vem do âmago de seus sentimentos, a fonte das nossas faculdades!

Luna não parecia estar convencida:

— Olha, pessoal, sinceramente, acho que vocês estão um pouco criativos demais nessa história, imagina se....

Antes que pudesse terminar a frase, ela foi interrompida por Angelina, que fechou os olhos e começou a cantar, mesmo em voz baixa, mas vibrante, segurando o caderno com as duas mãos. Luna estremeceu com o som da voz de Angelina. Ela começou a cantar "At last", de Etta James. A mesma música que havia cantado na noite anterior no Clube e que despertara em Luna os sentimentos mais contraditórios, enquanto dançava com Raphael.

Para disfarçar, Luna pegou também no caderno e fechou os olhos, tentando não ficar vermelha nem entregar as emoções que aquela canção despertava em si. Involuntariamente, mesmo que fizesse todo o esforço do mundo para não se conectar com o canto, ela começou a prestar atenção na letra da música:

Até que enfim meu amor chegou

Meus dias solitários acabaram

E a vida é como uma canção

Oh, sim sim

Até que enfim

O céu está azul

Meu coração ficou coberto de tranquilidade

Na noite em que eu olhei pra você

Eu encontrei um sonho, que eu posso dizer

Um sonho que posso chamar de meu...

— Olhem!

Quando Luna abriu os olhos, quase desperta de um tipo de transe, encontrou Hadar, Thorsten e Raphael boquiabertos. E também Angelina, que ainda segurava o caderno, mas havia parado de cantar. Para a surpresa de todos, uma espécie de holograma irradiava do livro, com a imagem de uma tela azul enorme e, nela, uma mensagem escrita à mão. Luna se emocionou ao reconhecer aquela letra: aquela era uma mensagem da sua avó.

Mal podendo conter as lágrimas que jorravam em seu rosto, Luna leu em voz alta:

"Minha doce Luna!

Se você descobriu esse caderno na minha ausência, é sinal de que meus dias aqui nesse planeta já se encerraram. Aqui dentro você vai encontrar instruções para desfazer o que tem que ser desfeito. Para isso, precisará de três pessoas como você.

Nunca te esqueças, minha pequena, que estarei sempre ao seu lado, não importa onde eu esteja.

Com amor eterno,

Magnólia."

22

Raphael se apressou para abraçar Luna, que estava em prantos. Ele sabia que ela não estava triste, mas visivelmente emocionada com a mensagem de sua avó. Naquele momento, ele esqueceu tudo: que estava tentando se afastar dela, que o clima entre os dois estava estranho desde o beijo, que ele partiria na segunda-feira. Tudo aquilo não tinha nenhuma importância, pois tudo o que ele precisava era tomar Luna em seus braços e secar suas lágrimas.

Hadar também estava tocado com a mensagem: estava perplexo com a dedicação da avó de Luna. De certa forma, agora entendia o motivo de ter sido designado para atender Luna, mesmo que ela tenha passado a maior parte de sua vida fora da jurisdição da EOL 45. Ele nunca havia questionado a razão: para ele, quando recebeu a designação de monitoramento em outro país, ela era somente uma cliente e ordens eram ordens.

Mas ao ler a mensagem de Magnólia, suspeitava que isso tivesse a ver com ela. Possivelmente, havia algum acordo com a EOL 45 que ele desconhecia. Além disso, era bem provável que Magnólia tenha notado cedo que Luna possuía algumas de suas habilidades de monitora e, como ela conhecia muito bem a neta que tinha e sua fixação pelo "anjo da guarda", concluiu que ela poderia, de alguma forma, ser responsável pelo seu "sequestro" para a sua dimensão.

Angelina também amparava a Luna, afagando os seus cabelos, enquanto Raphael continuava envolvendo-a no seu abraço. Somente Thorsten parecia não envolvido sentimentalmente com a cena. Ele caminhava de um lado para outro na cozinha, ora resmungando alguma coisa sozinho, ora parecendo fazer cálculos mentais. Até que, depois de alguns minutos, resolveu interromper o grupo:

— Luna, eu sei que você está emocionada. Mas o tempo está passando e, se quisermos ter sucesso nessa empreitada, precisamos nos concentrar.

— Você tem razão! — Luna concordou, livrando-se delicadamente do abraço de Raphael que, visivelmente perturbado pelo contato físico, se levantou e buscou um copo de água, aproveitando para, na volta, afastar a sua cadeira um pouco da dela.

— Vejamos! — Hadar tentava se concentrar nas informações que haviam recebido. — Magnólia fala que no caderno poderíamos encontrar instruções para "desfazer o que deve ser desfeito". Tenho razões para achar que ela suspeitava de que isso poderia acontecer... que Luna poderia... de alguma forma...

— Te sequestrar. — Luna completou, desanimada. — Pode falar Hadar. Eu imagino que foi isso mesmo que eu fiz. Eu te sequestrei. Eu estava relendo meu diário hoje cedo e cheguei a essa conclusão. Eu escrevi durante a vida inteira que iria te trazer para cá, para você arrumar a minha vida. E agora que descobri que tenho certas "faculdades especiais", é só somar um mais um. — Mesmo um pouco envergonhada em admitir, ela quase não conteve um sorrisinho. De uma certa forma, a situação era até engraçada.

Outro que não se conteve foi Raphael. Ele até ficou calado por alguns segundos, mas soltou uma gargalhada quando viu o risinho de Luna. Ela também começou a gargalhar com ele.

— Eu ganhei com isso uma autorização para implicar com você o resto da minha vida, Luna. Você é um perigo para a humanidade!

Angelina também começou a rir e Hadar se levantou, indo na direção de Luna, com a intenção de abraçá-la. Mas dessa vez foi Thorsten que lembrou:

— A antena, Hadar. Você está sem a antena. Não tire a Luna de órbita com um eletrochoque, logo agora que estamos avançando.

Agradecendo pela lembrança, Hadar foi até a cozinha e pegou mais um pedaço de papel alumínio. O cone anterior já estava destruído.

— Agora eu também sei fazer! — Sorriu, moldando um cone e finalmente colocando-o sobre a cabeça.

— Vamos voltar ao assunto. — Raphael continuou. — Na mensagem, Magnólia também diz que Luna vai precisar de outras três pessoas como ela. O que vocês acham?

— Isso para mim está claro! — Angelina alegou: — Precisamos de mais uma neta de Nefilin. Mas eu não conheço mais nenhuma aqui em Berlim.

Por alguns instantes, o grupo todo silenciou, abatido. Tinham chegado tão longe, para agora ficarem estagnados. Seria impossível encontrar mais uma pessoa como Angelina e Luna.

— Para ser sincero, eu não saberia nem procurar por alguém assim! — Raphael argumentou. — Como é que poderíamos reconhecer se alguém é meio ET, igual à Luna? — Ele não perdeu a chance de fazer mais uma gracinha, e recebeu, de pronto, mais uma almofadada da moça.

— É um pouco difícil mesmo. — Angelina ponderou, indiferente às brincadeiras infantis de Luna e Raphael. — No caso da nossa tribo em Gana, uma das características dos filhos de Nefilin eram os choques que causavam com o contato com os ex-monitores, mas aqui eu não sei...

— CLARO! — Thorsten deu um pulo da cadeira onde tinha acabado de se sentar. — Vamos procurar a menina!

— Que menina, Thorsten? — Em alguns momentos, Luna

conseguia entender por que Thorsten tinha ido parar numa clínica. Algumas reações dele eram meio... esquisitas.

— A filha da enfermeira! Eu contei para vocês! — Ele falava tão rápido que era difícil acompanhar. — Eu contei que Halaliel me disse que na clínica havia duas pessoas que causavam essa reação nele: uma delas já morreu, a outra era uma menina, filha de uma enfermeira.

Hadar se animou:

— Que lembrança *jubilante,* Thorsten! Mas você tem alguma anotação de quem é ela? Ou onde podemos encontrá-la?

Correndo até o escritório onde dormira, Thorsten voltou de lá com o seu pendrive, onde havia armazenado o resultado de todo o seu estudo com Halaliel.

— Eu anotei o nome dela, está gravado aqui. Luna, será que posso usar o seu laptop de novo?

— Claro! — Luna assentiu, colocando-o sobre a mesma. Logo Hadar acessou suas informações e encontrou o que queria:

— *Voilá.* O nome da menina está aqui. Tânia Grünkohl. Ela deve ter mais ou menos a minha idade agora. — Thorsten declarou.

— Agora temos só que tentar encontrá-la. E, é claro, torcer para que ela tenha permanecido em Berlim e, caso a gente consiga encontrá-la, tentar convencê-la a nos ajudar. Simples assim! — Raphael ironizou. — É como procurar uma agulha num palheiro do tamanho da Alexanderplatz.

— Não é. — Luna alegou.

E só aí os outros puderam perceber que ela estava pálida como uma vela.

— Eu sei quem é ela.

— O que você está dizendo, Luna? Você conhece essa Tânia? — Thorsten, boquiaberto, mal acreditava no que Luna tinha acabado de falar.

— Conheço! — Ela confirmou. Mas seu rosto não deixava transparecer qualquer alegria. Muito pelo contrário. Ela parecia chocada por saber quem era a filha da enfermeira. — E Raphael a conhece também.

Ao perceber o olhar interrogativo de Raphael, que não estava entendendo nada, Luna explicou:

— Nunca me esqueceria desse nome. Tânia Grünkohl, 30 anos, jornalista. Mais conhecida como ...

— ANNA! — Raphael finalmente se lembrou. A "menina", neta de anjos era a Anna, a colega de redação que já havia tentando sair com ele um milhão de vezes – e a quem ele já tinha dispensado um milhão de vezes. A mesma Anna que detestava Luna.

Era essa a Tânia Grünkohl. A única pessoa que podia ajudar Luna e Hadar naquele momento.

23

— Nem pensar. Vamos procurar outra pessoa. Essa foi a sugestão de Luna. — Nem pensar em pedir ajuda para Anna, essa lambisgoia interesseira, que não vê a hora de passar a rasteira na primeira pessoa que cruze o seu caminho! — Thorsten ainda tentou saber o porquê de tanta raiva, mas Raphael sinalizou por trás de Luna, movendo a mão na frente do próprio pescoço como se estivesse cortando a cabeça, que era para ele não fazer aquela pergunta. Mas era tarde demais: era só falar de Anna que as veias do pescoço de Luna saltavam e suas bochechas ganhavam a tonalidade de um tomate.

— Ela é uma louca, paranoica! Não tem a menor chance de conseguir qualquer coisa dela. Não contem comigo para ir atrás dessa mulher, eu estou fora. Ela é arrogante, orgulhosa, ciumenta, sem noção! Eu prefiro um plano B! — Ela quase gritava, espumando de raiva.

— Mas, Luna! — Hadar tentava ponderar, argumentando de forma serena. — Não temos muito tempo! E se já sabemos que ela também é uma neta de monitor, como vocês duas, assim, poderíamos tentar e ...

— Hadar, você não está entendendo. Ela me odeia. ODEIA.

Ela nunca vai concordar em fazer nada por mim. Ponto final. Vamos procurar outra pessoa.

— Mas como você imagina que a gente deva procurar outra pessoa, Luna? Colocando Hadar sem cone no metrô, às cinco da tarde, na estação central, deixando todas as pessoas de Berlim encostarem nele e quem provocar um choque nele, a gente convida para ajudar? — Raphael zombou dela, mas nada era páreo para concorrer com a raiva que ela sentia de Anna.

— É uma boa ideia. Eu acho que vale a pena tentar. Vamos, Hadar, a gente nem precisa esperar até as 17 h. Vamos agora mesmo e…

— Luna! — Hadar a interrompeu. — Não adianta agir e pensar de forma furibunda. Acalme o seu coração.

— FURIBUNDA! Me deixa anotar essa palavra, por favor! — Raphael quase tinha um ataque de riso, mas Luna ainda estava muito perturbada pela ideia de pedir a ajuda de Anna para achar qualquer coisa engraçada.

— Luna, eu tenho uma ideia. — Angelina tocou seu braço de leve. — Você gostaria de dar uma volta comigo? Vamos caminhar um pouco, parece que você está um pouquinho estressada.

Cinco minutos depois, as duas mulheres caminhavam de braços dados pela pracinha onde há dois dias estivera com Thorsten e Hadar, quando a EOL 45 conseguiu enviar a primeira mensagem. De lá para cá, muita coisa havia acontecido. Coisas demais para que suas emoções pudessem reagir de forma adequada.

— Eu não tenho faculdades telepáticas — Angelina quebrou o silêncio entre as duas —, mas algo me diz que, além de você estar abalada com a situação de Hadar, algo mais te perturba.

Luna não tinha muitos amigos, não estava acostumada a abrir seu coração com ninguém. Mas aquela mulher, que era pelo menos 25 anos mais velha, emanava uma sensação de conforto e confiança. Luna sabia que podia contar com ela, mesmo que, de fato, não a conhecesse. Angelina dava a ela a impressão de que já se conheciam há muito tempo.

— Angelina, me conte uma coisa: como é ser... como a gente é? — Luna sentia que Angelina e ela tinham uma ligação, como duas pessoas que sofrem da mesma doença têm os mesmos sintomas. De certa forma, era bom saber que alguém no mundo era como ela, mesmo que ela não soubesse direito o que isso significava.

— Você quer dizer "meio ET"?

As duas começaram a rir, lembrando-se de Raphael. Foi assim que ele chamou Luna, assim que soube que ela era uma "filha de Nefilin".

— Podemos falar sobre como é ser como nós somos. Mas antes queria saber de outra coisa. Eu posso perguntar o que está acontecendo entre vocês dois?

A pergunta de Angelina veio com uma subtonalidade de cautela. Os nervos abalados de Luna estiveram treinados a vida inteira para reagir com seus tanques de guerra, assim que alguém ousasse pisar no terreno da sua intimidade, mas Angelina parecia calçar sapatos cobertos de nuvens ao entrar em solo proibido.

— Raphael e eu somos amigos!

Luna começou a contar baixinho, como se estivesse com medo de Raphael escutar. Mas parecia dizer aquilo mais para si mesma do que para Angelina.

— Ele é o melhor amigo que alguém poderia ter na face da terra. É como se ninguém me conhecesse melhor que ele. Eu nunca tive um amigo assim. E agora ele vai embora, vai se mudar para Roma depois de amanhã. E eu fiquei sabendo disso praticamente só agora.

As duas ainda deram alguns passos em silêncio, ainda de braços dados. Até que Angelina começou a cantarolar, baixinho, a música "Everytime we say goodbye":

"Toda vez que dizemos adeus

Eu morro um pouco

Toda vez que dizemos adeus

Eu me pergunto um pouco por que

Por que os deuses acima de mim

Que devem estar por dentro

Pensam tão pouco de mim

Eles permitem que você vá

Quando você está perto

Há um ar de primavera nisso

Eu posso ouvir uma cotovia em algum lugar

Começo a cantar sobre isso

Não há canção de amor mais bonita."

Os olhos de Luna se encheram de lágrimas. Sem que Angelina dissesse nada, ela havia dito tudo. A dor da separação que ela sentia naquele momento, só havia sentido uma vez: quando sua avó faleceu. Era assim que se sentia com relação a Raphael. Era como se ele estivesse morrendo. Angelina parou de cantar e se colocou à frente de Luna, abraçando-a com carinho. Luna tentou controlar as lágrimas como pode, até que Angelina saiu do abraço, segurou o rosto de Luna com as duas mãos e enxugou as suas lágrimas.

— O verdadeiro amor se veste muitas vezes com as roupas da amizade sincera. Amor de verdade é amor de almas, que se completam em suas semelhanças e diferenças. Não há nada mais belo que isso, minha menina.

— Não, não é nada disso, Angelina. — Luna se apressou em

se desculpar. — Eu sei, você está falando isso por causa do beijo no clube, não é? Aconteceu, eu não sei como... Mas isso não tem a menor importância, eu disse a ele que...

Antes que ela pudesse terminar a frase, Angelina a interrompeu:

— Você sabia que as nossas faculdades se manifestam com mais forças nas outras filhas de Nefilin, nos monitores e nos ex-monitores, não é?

Sem entender muito bem onde Angelina queria chegar, Luna concordou e Angelina continuou:

— Pois é. Meu avô era um cupido. Uma das faculdades de um cupido é a de deixar falar o coração que foi amordaçado pelo pudor _ ou por qualquer outra força castradora. Pense nisso. — Luna esboçou reagir, mas Angelina gesticulou com o indicador para que não dissesse nada — Não precisamos falar sobre isso agora. Você talvez precise de um tempo para digerir tudo isso. Tempo e calma. Por isso, vamos voltar para o seu apartamento e fazer contato com a *lambisgoia*.

Enquanto subiam até o apartamento, Luna não podia deixar de se perguntar se Angelina tinha razão. Será que ela havia se apaixonado por Raphael e não havia notado? Será que todo o afeto que sentia por ele não era, na verdade, um pouco mais do que uma simples amizade? Mas ao se lembrar das brincadeiras, das implicâncias e do jeito como se relacionavam, afastou novamente essa possibilidade. Eles eram mais irmãos do que amigos. Por isso doía tanto saber que ele partiria, e não porque estava apaixonada.

Tentou, novamente, se concentrar somente na situação de Hadar. E quando chegaram ao apartamento, mais focada, Luna concordou, para alívio de todos, com o contato com Anna. Mas isso não os poupava de terem que estudar uma estratégia para convencê-la.

— Acho que não dá para falar tudo de uma vez com a Anna. — Raphael ponderou, medindo bastante as palavras para não provocar mais nenhum ataque de raiva em Luna. — Talvez a gente tenha que inventar alguma mentira para atraí-la.

— Bem, todos sabem que não sou *beneplácito* com mentiras. — Hadar se pronunciou. — Por isso, poderíamos tentar o contato por meio do Thorsten. Afinal de contas, se vocês dois não a conhecessem, essa seria a forma do contato, não é?

— Tem razão, Hadar. — Thorsten concordou. — Já que parece que Tânia, ou Anna, como ela gosta de ser chamada, tem um problema com Luna, que tal você fazer contato, Raphael?

Mesmo com vontade de gritar que não, Luna concordou:

— É mesmo o melhor a fazer. Talvez você devesse mandar uma mensagem para ela e encontrá-la, primeiramente a sós. Tenho certeza de que ela vai concordar na mesma hora.

— Ou Thorsten poderia falar com a mãe dela, se ela ainda estiver viva! Se a Anna é neta de anjo, a mãe ou o pai dela são filhos de anjo... Quem sabe, a mãe dela pode ser uma ajuda maior? Pode ser que ela saiba da história toda, de anjos caídos e extraterrestres que circulam por aí.

Raphael tentava de todo jeito evitar ser ele o primeiro contato com Anna. Principalmente porque havia dado mais um *fora* nela na noite anterior... Quando saiu da própria festa surpresa, ela o convidou para um *drink*, que ele rejeitou, alegando que mais tarde sairia com Luna, o que, naquela altura, era uma mentira que acabou virando uma verdade.

— Infelizmente não vamos poder trilhar por esse caminho. Pelo que me lembro, Halaliel havia comentado que a menina havia sido adotada. Alguma história triste de falecimento dos pais quando era muito pequena. Um acidente de carro, se não me engano. Somente a menina sobreviveu.

Luna engoliu em seco. Se havia, no passado de Anna, um capítulo tão triste assim, isso poderia explicar um pouco a sua amargura. Fez a anotação mental de ser um pouco menos arisca com ela da próxima vez em que se vissem.

— Então não me resta outra opção. — Raphael suspirou — Torçam por mim! — Ele disse, antes de tirar o telefone do bolso e se enfiar no quarto de Luna para telefonar para Anna.

24

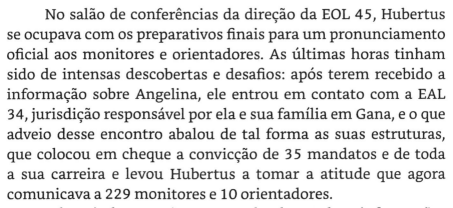

No salão de conferências da direção da EOL 45, Hubertus se ocupava com os preparativos finais para um pronunciamento oficial aos monitores e orientadores. As últimas horas tinham sido de intensas descobertas e desafios: após terem recebido a informação sobre Angelina, ele entrou em contato com a EAL 34, jurisdição responsável por ela e sua família em Gana, e o que adveio desse encontro abalou de tal forma as suas estruturas, que colocou em cheque a convicção de 35 mandatos e de toda a sua carreira e levou Hubertus a tomar a atitude que agora comunicava a 229 monitores e 10 orientadores.

Ele ainda tremia ao se lembrar das informações que recebeu de Addae, o dirigente da EAL 34, e se perguntava o motivo de, durante tantos séculos de existência dos departamentos, nunca terem realmente buscado uma integração das Divisões. Apesar de que a resposta era simples: a Extensão Europeia nunca tinha demonstrado qualquer interesse pelas instituições africanas. Lembrou-se do olhar de desdém com que observava os relatórios sazonais que recebia da África e os jogava num canto, enquanto imaginava o quão rudimentar era o trabalho naquele continente, onde ainda reinava, a seu ver, a despeito do desenvolvimento da civilização nos outros cantos do mundo, uma grande confusão entre mitos, lendas e crenças.

Jamais poderia imaginar que os Departamentos de Proteção Individual e de Pesquisas Científicas tinham feito tantos progressos na África, especialmente no que se refere ao contato dos monitores com os terrestres. Jamais poderia sonhar que os monitores materializados – que lá não eram chamados de desertores, mas sim de "decididos" – pudessem exercer tamanha importância para o desenvolvimento africano e para a libertação das amarras sociais e culturais que ainda traziam tanto sofrimento para os seus povos.

Foi com perplexidade que tomou conhecimento de que não era "somente" por um motivo "egoísta", como a paixão pelos seus clientes, que muitos monitores escolhiam se materializar na terra: muitos o faziam por verdadeiro amor aos terrestres, para continuar lutando por eles ao seu lado e sentindo suas próprias dores. Ouviu, espantado, como exemplo, sobre um dos monitores que se materializou para atuar como um líder político na África do Sul, que ficou mundialmente famoso por sua luta contra a segregação racial e que, durante toda a sua vida terrena, lutou contra a dominação branca e negra, tendo cultivado o ideal de uma sociedade livre e democrática na qual todas as pessoas vivessem juntas em harmonia e com oportunidades iguais.

Boquiaberto, Hubertus escutou de Addae que tal atitude acontecia até com alguma frequência em países socialmente desfavorecidos: eram dezenas, centenas de monitores que se transformavam em médicos, enfermeiros, líderes comunitários, padres, irmãs de caridade e tantos anônimos que abandonavam o conforto de sua dimensão para viver ao lado dos terrestres, algumas vezes até morrendo por eles, na Guatemala, em Cuba, no Haiti, no Brasil, no México e em tantos outros países onde ainda havia um enorme abismo social entre os poucos que têm muito dinheiro e os muitos que não têm nada.

Envergonhou-se em pensar na atitude das jurisdições europeias, que não só consideravam os materializados como desertores, como também abandonavam todos eles à própria sorte, sem nunca buscar qualquer tipo de contato ou integração com eles. Pensou em Halaliel, monitor que viveu mais de 40 anos numa clínica psiquiátrica depois de sua deserção e que só recebera um pouco de amizade e conforto dos humanos e não daqueles que os terrestres consideravam criaturas celestiais.

Além de tudo isso, ainda estava zonzo ao pensar nas investigações com os netos de monitores materializados: a pesquisa havia começado com o avô de Angelina em Gana: ele foi o primeiro a registrar que os atributos dos monitores, que desapareciam após a materialização, voltavam a se manifestar em seus netos, não com a mesma intensidade, mas, de alguma forma, estavam presentes.

Era por isso que Hubertus precisava tomar uma atitude já. Depois de tantas revelações, não podia arriscar. Não apagaria as luzes de sua administração, saindo de cena para a aposentadoria e deixando um monitor abandonado à sua própria sorte. Pelo menos isso ele devia aos tantos monitores que, durante toda a sua vida terrestre, foram ignorados pelo DIPI.

Maxim, que o estava rondando desde que ele havia tomado a decisão que comunicaria naquele instante, ainda tentou fazer com que ele mudasse de opinião:

— Pense melhor, meu amigo. Até hoje, nunca houve, aqui, um procedimento dessa natureza. Pense nas consequências políticas! Talvez não seja essa a melhor alternativa!

— Acalme-se, velho amigo! — Ele tentou tranquilizá-lo. — Não vejo outra saída no momento. Politicamente não há o que temer, já que tenho certeza de que posso contar com a sua sensatez o tempo todo. De qualquer forma, a partir de agora, nada mais será como antes.

Ajeitando-se, ele fez sinal de que começaria a falar aos outros monitores e Maxim silenciou. Olhando diretamente para uma espécie de câmera, que flutuava à sua frente como um drone, ele começou a falar:

— Prezadores monitores e orientadores da EOL 45! Como é do conhecimento de todos, enfrentamos, nesse momento, uma situação especial envolvendo um membro de nosso time.

Situações especiais requerem atitudes extremas. E depois de intensas pesquisas e alguns avanços na tentativa de resolver o problema, tomamos conhecimento de estudos de alta excelência científica de jurisdições africanas. E foi baseado nelas que tomei uma decisão.

Depois de um breve instante de silêncio, continuou:

— Todos temos ciência de que, na EOL 45, qualquer materialização é proibida e é considerada como uma deserção, já há 35 mandatos. Mas existem momentos em que verdades absolutas precisam ser revistas e este parece ser um desses momentos históricos.

Levantando a mão esquerda, elevou ao campo de visão da câmara o anel de superintendente do DIPI da EOL 45:

— Muitos de vocês talvez não saibam dos poderes e responsabilidades que um Superintendente do Departamento carrega consigo. Esse anel é um símbolo disso tudo. E também é um meio de transporte entre as duas dimensões: quem recebe esse anel, recebe não só a superintendência, como também a capacidade de se desmaterializar e voltar para a nossa dimensão.

Sabendo o que viria em seguida, Maxim balançou a cabeça, negativamente. Se ele pudesse, impediria Hubertus de tomar aquela atitude extrema. Mas ele sabia que o velho amigo era mais cabeça dura do que ele próprio.

— Por isso, queridos monitores e orientadores, tomei a decisão de me materializar para ajudar em campo a trazer de volta nosso companheiro Hadar. Mas, caso todos os esforços não tenham o sucesso esperado até o fim do prazo final de 48 horas terrestres, estou disposto a entregar o meu anel a Hadar, para que ele possa retornar à nossa dimensão. Infelizmente, sozinho.

25

Raphael marcou um encontro com Anna no começo daquela tarde, depois de dizer ao telefone que tinha uma coisa importante para falar com ela e que precisava de sua ajuda. Como Luna havia imaginado, Anna concordou prontamente em vê-lo, o que o deixou ainda mais desconcertado do que já estava. Por isso, convenceu Thorsten a ir com ele, para desarmar desde o começo qualquer segunda intenção de Anna e colocar mais foco no assunto, já que Thorsten tinha sido um dos pacientes da clínica onde sua mãe adotiva havia trabalhado como enfermeira. Bastava saber como Anna reagiria a essa informação, levando-se em consideração o fato de que Thorsten ter sido um paciente de uma clínica psiquiátrica não era bem um pré-requisito de boas recomendações.

Raphael e Thorsten marcaram de encontrar Anna numa cafeteria no parque do palácio de Charlottenburg, uma das grandes atrações turísticas de Berlim. Luna, Angelina e Hadar também se deslocaram para lá: queriam ficar próximos, caso Anna concordasse em fazer contato, mas não tão próximos que Luna pudesse logo ser vista por ela, para evitar qualquer atrito. Assim, os três resolveram dar um longo passeio pelo jardim do castelo, enquanto Raphael e Thorsten tentavam a sorte com Anna.

Aquela tarde de começo de dezembro se descortinava especialmente bela: a paisagem da capital da Alemanha estava coberta com uma fina camada branca de neve, que havia chegado desavisadamente. Assim, a visão do jardim do castelo de Charlottenburg estava ainda mais deslumbrante que de costume, com um toque a mais de beleza: a felicidade de crianças e adultos, que faziam guerra de bolas de neve e preenchiam o ambiente com risadas e gritinhos de alegria.

Hadar parecia tocado com a cena. Jamais havia reparado na felicidade que essas pequenas coisas traziam aos humanos. Viu como uma garotinha de aproximadamente pouco mais de um ano de idade que, com certeza, dava os primeiros passos há pouco tempo, tentava se equilibrar, sob o olhar atento de sua mãe, no meio de alguns montinhos de neve, encontrando a resistência do macacão superaquecido que vestia. A menina gargalhava ao segurar a neve com as minúsculas mãozinhas, já vermelhas pelo contato com o gelo, e encantava a todos ao seu redor com o som hipnotizantemente agradável de suas risadas.

O anjo estava fascinado: o sol brilhava, reinando absoluto num céu sem nuvens, contrastando com a paisagem branca no chão e com o telhado do palácio, que parecia ter sido polvilhado com uma camada de açúcar. Luna também estava satisfeita com o local do possível encontro com Anna: o Parque do Palácio de Charlottenburg, que tem seu começo logo atrás do palácio e vai até as margens do rio Spree, era um dos passeios preferidos de Luna, desde que havia se mudado para Berlim.

Percebendo que Hadar admirava o belo jardim em estilo barroco, com formas geométricas rodeadas por flores cobertas pela neve, ela explicou sorridente:

— A parte de trás do parque é coberta por uma vegetação mais densa. Ali mais à frente há ainda um lago, canais, diversos caminhos, trilhas e um grande gramado, perfeito para jogar, brincar ou simplesmente deitar e relaxar no verão. Eu adoro esse jardim!

— É simplesmente deslumbrante! — Ele acentuou, ainda observando a felicidade das crianças brincando na neve. — Eu já estive com você aqui algumas vezes, Luna. Mas nunca havia realmente reparado na beleza desse lugar! — Confessou.

— Meu avô dizia a mesma coisa sobre a nossa floresta. — Angelina também comentou, andando a passos lentos e, como havia feito também naquela mesma manhã, de braços dados com Luna. — Ele disse que o olhar humano é muito diferente do de um monitor, pois vem acompanhado dos sentimentos que os terrenos possuem: seus sonhos, seus medos e suas alegrias.

— Ele tinha toda razão! Estou assoberbado de tantas emoções!

Luna se preparava para fazer mais um comentário sobre o jardim, quando sentiu seu celular vibrando. Era uma mensagem de Raphael:

"Me encontro com vocês em dez minutos na frente do lago. Vou sozinho".

Quando ela leu a mensagem em voz alta para Hadar e Angelina, o anjo reagiu com desânimo:

— Ela provavelmente *dissentiu* da proposta. Acho que você tinha razão, Luna. Teremos que considerar uma outra alternativa.

Enquanto caminhavam até o lago, Luna se sentia culpada por mais essa guinada negativa em toda a história. Certamente Anna havia negado a contribuir com o plano por sua causa, já que era ela a pedra no sapato das intenções da moça com relação à Raphael. Quando estavam quase chegando ao lago e Luna o avistou, de longe e sentiu seu coração disparar, ela pensou por alguns instantes no que Angelina havia falado mais cedo: que o amor muitas vezes vem disfarçado de amizade. Mas afastou esses pensamentos para longe, já que o foco, naquele momento, se encontrava em Hadar.

— Onde está Thorsten? — Angelina perguntou a Raphael, quando finalmente chegaram até ele. E só aí Luna reparou que Raphael estava absolutamente sozinho.

— Ficou com a Anna na cafeteria. Ela quis continuar a

conversar somente com ele.

Um instante de silêncio parecia baixar ainda mais a temperatura. Raphael dava a entender que Anna não parecia estar muito disposta a colaborar.

— Como ela reagiu? — Luna perguntou com cuidado.

— Sinceramente? Melhor do que eu imaginava.

Raphael contou, então, que Anna primeiramente estranhou o fato dele chegar na companhia de Thorsten, e depois que os dois expuseram o problema da maneira mais didática possível (e Raphael ficou torcendo para que ela não saísse correndo, acusando os dois de loucura), ela ficou algum tempo calada. Depois pediu para continuar a conversa somente com Thorsten, para depois tomar uma decisão sobre o que fazer. Thorsten combinou de encontrá-los novamente no fim da tarde no apartamento de Luna, dando a entender que ainda tentaria convencer Anna a seguir com ele.

— E o que faremos agora? — Hadar perguntou, desconsolado.

Angelina tomou sua mão com carinho:

— Tenho uma sugestão, Hadar: Você segue comigo até o meu apartamento, onde podemos pegar algumas anotações do meu avô que ainda guardo. Luna e Raphael podem seguir até o apartamento e esperar pelo Thorsten, o que acha?

Hadar até pensou em dizer que estava cansado e queria voltar, mas percebeu uma leve piscadinha de Angelina e, ao olhar para Luna e Raphael, imaginou que aquela havia sido uma estratégia da cantora para que os dois, finalmente, conversassem e resolvessem os assuntos pendentes.

— Boa ideia, Angelina. Assim, logro da oportunidade ímpar de ver um pouco mais dessa cidade encantadora. Vamos, então?

— Vamos. Até mais tarde, pessoal. — Angelina saiu de braços dados agora com Hadar, deixando Luna e Raphael a sós, perplexos, envergonhados por estarem sozinhos pela primeira vez desde a noite anterior. Luna amaldiçoou Angelina mentalmente por aquele golpe baixo.

Raphael foi quem quebrou o gelo:

— Não entendi nada. Eles resolveram isso agora ou já tinham planejado antes?

— Pelo jeito, sim. Foi espontâneo. — Luna sorriu, desconcertada. E depois de um momento de silêncio, tentou transparecer normalidade: — Você quer voltar ao meu apartamento comigo? Ou está ocupado com a mudança?

— Eu resolvi que vou fazer a mudança por partes. — Ele também parecia aliviado por poder falar sobre algo quase banal. — Vou vender os móveis e levar somente poucas coisas. Pensei em levar somente a *bike* e meu material fotográfico, além das minhas fotos e roupas, é claro.

— Você já comprou a sua passagem?

— Ainda não. Não decidi ainda se vou de trem, para poder levar a bicicleta, ou se vou de avião. Também pensei em alugar um carro. Não consegui pensar muito no assunto para dizer a verdade. — Ele sorriu um pouco desconcertado.

Os dois começaram a caminhar em direção à estação de trem, calados. Até que Raphael, ainda cabisbaixo, resolveu tocar no assunto que preenchia todo o silêncio entre os dois:

— Luna, sobre ontem à noite... Eu sei que isso é um pouco desconfortante, mas eu gostaria de falar sobre o que aconteceu.

O estômago de Luna se contraiu. Se pudesse, ela sumiria dali naquele instante. Não, ela não queria falar com Raphael sobre o beijo. Muito menos depois da conversa que havia tido com Angelina. Ainda mais depois de estar absolutamente incerta sobre os próprios sentimentos. Mas ela não tinha para onde correr:

— Está certo, Raphael. — Tomou coragem. — Eu acho que é bom conversarmos, porque...

— Eu acho que nós deveríamos passar um tempo afastados.

Ele a interrompeu, inicialmente de olhos fechados, como se tivesse ensaiado para dizer aquilo.

— Eu não gostaria que nossa amizade fosse afetada por uma coisa tão idiota quanto aquele beijo. Aquilo só mostrou que a minha ida para Roma foi a melhor coisa que poderia acontecer entre nós, porque a gente estava grudado demais. Por isso, depois de te ajudar a resolver essa história com o Hadar, eu preferiria que a gente cortasse o contato por um tempo, até eu me estabelecer em Roma. Isso vai ser a melhor coisa para nós dois.

26

Luna acabou indo para casa sozinha. Chegando lá, aproveitou o silêncio da sala vazia para escutar música. Precisava ocupar a cabeça e parar de pensar. Mas, em vez de usar um aplicativo no celular, preferiu ligar o rádio; assim, não precisava escolher nada, nem mesmo o que iria escutar. Para que escolher, se a vida andava fazendo as escolhas para ela? Se até a coisa mais sólida da vida dela naquele momento, que era a amizade de Raphael, já estava ameaçada por si só pela partida dele, e ela ainda tinha que estragar tudo com um beijo... Escolher o quê, se depois que Angelina começou a colocar "minhocas" na sua cabeça sobre estar apaixonada pelo melhor amigo, ela alimentou alguns instantes de esperança... e recebeu o maior balde de água fria do mundo por parte de Raphael?

Nunca imaginou que levaria um fora dele. Um fora, sim, pois foi assim mesmo que se sentiu quando ele pediu que ficassem um tempo afastados depois da mudança. Primeiro, achou a proposta ridícula: 1 500 quilômetros de distância já eram suficientes para separar os dois, mas ele insistia em mais espaço, porque estavam "grudados demais" e isso acabou misturando as coisas entre eles, o que resultou no beijo.

Raphael acabou fazendo o que ela queria ter feito desde o começo, que é cortar, com a lâmina do distanciamento, qualquer perigo de comprometer a amizade deles. Mas aquilo doeu muito mais do que ela imaginava que pudesse doer. Apesar de ter concordado com ele e de ter dito, pelo menos dez vezes, que ele tinha razão e ter desfeito do beijo novamente, dizendo *que aquilo tinha sido o resultado da mistura de um dia de convivência com um anjo sequestrado, um desabrigado doido e um mojito duplo.*

No rádio, depois de um anúncio de um produto qualquer que chegava ao fim, os primeiros acordes de uma música terminaram de vez de esmagar o coração de Luna: "Everytime we say goodbye", que Angelina havia cantarolado naquela mesma manhã. A canção do adeus, que fez com que Luna chorasse pensando na partida de Raphael.

Dessa vez, ela não controlou as lágrimas: deixou que elas rolassem soltas, lavando seu coração. Ela não precisava esconder de ninguém que sofria por Raphael. E talvez Angelina tivesse razão. Talvez o sentimento dela com relação a Raphael não fosse somente de amizade, pois era só relembrar do beijo que a sua pele ficava arrepiada e todo o seu corpo vibrava, pedindo mais.

Desde o segundo em que seus lábios se separaram, não parava de desejar novamente o gosto dos lábios de Raphael. Parece que todos os seus sentidos acordaram naquele instante para a verdade que esteve o tempo inteiro diante de seu nariz, mas que ela não queria ver: Raphael era tudo o que ela sempre quis. Ela precisava sentir o perfume amadeirado de sua pele. Queria agarrar os seus cabelos e perder o ar dentro dos seus braços fortes. Lembrou-se de todas as vezes em que dormiram abraçados e percebeu que, já há muito tempo, inventava mil desculpas para que sempre tivesse com ele um contato físico maior que o normal entre "meros amigos".

Ela admitia, finalmente: não era apenas uma suposição. Ela havia sido traída pelo próprio coração e tinha se apaixonado. E, provavelmente, este era o motivo pela qual Raphael estava se afastando dela: ele devia ter percebido a sua confusão emocional, e como não retribuía o mesmo sentimento, preferiu sair de perto dela até que as coisas se normalizassem. Para que a amizade dos dois não fosse ameaçada. Tarde demais, pois ela já havia estragado tudo.

De repente, tudo ficou tão claro quanto a neve que cobria os telhados de Berlim naquele instante: quando Hadar lhe explicou que o anjo da guarda assumia o formato que a "cliente" desejava, ela não havia ainda percebido, mas Hadar era uma cópia de Raphael, com seus cabelos encaracolados, olhos heterocromáticos, seu porte marcante... Até nome de anjo Raphael tinha!

Soltou uma gargalhada amarga, pensando no dissabor daquela descoberta: durante toda a sua vida, o seu destino a havia preparado para um encontro com Raphael, e não com o anjo! Não havia no mundo nada mais reconfortante que mergulhar no mar dos olhos dele, tão diferentes como belos. Não se lembrava de som mais lindo do que o de sua risada. Não existia no mundo nada como estar junto com Raphael. E agora que ela sabia disso _ que tinha até sequestrado o seu anjo da guarda para dar um jeito na própria vida _, ela tinha que dizer adeus.

A campainha tocou e ela secou rapidamente as lágrimas, tentando disfarçar que tinha acabado de ter o maior ataque de choro da história. Enquanto abaixava o som do rádio e se dirigia para a porta, se admirou da rapidez com que os seus amigos voltavam para o apartamento: Thorsten tinha dito que só voltaria no fim da tarde, e Angelina e Hadar haviam saído praticamente no mesmo momento que ela do jardim do palácio em direção ao apartamento de Angelina.

Mas qual não foi a sua surpresa ao abrir a porta e não encontrar com nenhum deles do outro lado. Em pé, na sua frente, um homem que nunca havia visto antes, de cerca de 60 anos de idade, calvo, alto e aparentando sentir muita dor: ele se curvava na porta, apoiando os dois braços no vão e aparentava fazer força para se equilibrar sobre as próprias pernas.

Mas o mais intrigante de tudo isso: ele sorria, parecendo estar incrivelmente satisfeito ao vê-la.

— Luna, por favor, não te apoquentes, sou um amigo!
— O homem disse com dificuldade, antes que ela pudesse
falar qualquer coisa. — Atravesso os primeiros instantes da
materialização e sofro dores veementes. Vim para ajudar Hadar.
Meu nome é Hubertus. — Ele ainda conseguiu dizer, antes de
desmaiar no chão da sala.

O verdadeiro amor se veste muitas vezes com as roupas da amizade sincera. Amor de verdade é amor de almas, que se completam em suas semelhanças e diferenças. Não há nada mais belo que isso, minha menina.

27

Faltavam poucos minutos para a loja perto de sua casa fechar, quando finalmente Luna chegou ao caixa com mais uma muda de roupas completa – a terceira dentro de três dias – desta vez para Hubertus, que dormia, exausto, na sua cama. Quando ele acordasse, ela precisava fazer uma sugestão: que os monitores se materializassem usando coisas úteis para o clima nesta dimensão, e não calças de tecido leves e camisas brancas celestiais, além de nenhum sapato. E por que razão todos os monitores do mundo eram grandes e fortes? Hubertus podia até ser "velho", mas também devia ter uns dois metros de altura e uma estrutura bem compacta. As academias do céu estavam de parabéns.

Para azar de Luna, a mesma vendedora das duas últimas vezes ocupava o caixa, e, dessa vez, seu risinho cínico viera acompanhado de uma frase irônica:

— Problemas com o Hulk outra vez?

— Sim, querida. — Luna não iria poupá-la daquela vez. — Você não imagina o que é ter um namorado tão forte. Financeiramente é um pouco desvantajoso, porque ele estraga muitas roupas. Mas vale cada centavo. Só posso recomendar. Por que você não tenta fisgar um?

Ela saiu da loja com um sorriso cínico estampado de uma orelha a outra. Era muito bom ser má de vez em quando. Ainda mais agora, que tinha dois anjos da guarda em casa: Hadar havia chegado poucos minutos após Hubertus, somente em tempo de vê-lo praticamente sucumbir às dores e o cansaço da materialização e cair num sono profundo, deixando o perplexo anjo da guarda de Luna cheio de perguntas e apreensão.

Já em casa, Luna deixou, com cuidado, a muda de roupas para que Hubertus se trocasse assim que acordasse, e aproveitou para encher novamente os vidros de biscoito e balas que tinha pela sala, já que Thorsten havia esvaziado quase tudo no dia anterior e seis pessoas (sete, se tudo desse certo com Anna) se acotovelariam nervosas, logo mais, no seu apartamento e precisariam de alguma coisa para forrar seus estômagos enquanto discutiam os mistérios entre o céu e a terra.

Pensando nisso, ela sorriu. Estava acostumada a viver sozinha e, com exceção de Raphael, ninguém ia ao seu apartamento. De repente, a casa estava cheia e isso a deixava feliz. Preferia não pensar no que viria depois, pela primeira vez na vida. Viveria um dia de cada vez.

Angelina também havia trazido mais pães e doces do seu apartamento e espalhou tudo sobre a mesa da cozinha, sugerindo a Hadar que provasse uma *Zimtschnecke* (rolinho de canela) para descontrair, mas ele estava nervoso demais para comer.

— Quem está dormindo, exausto, ali dentro é o Superintendente do Departamento Independente de Proteção Individual (DIPI) da área Extensão Ocidental Leste Quadrante 45. Ele é o chefe do meu chefe e se materializou por minha causa. Vocês conseguem vislumbrar a urgência dessa situação?

Angelina até tinha mais condição de estimar a gravidade do momento, mas Luna só conseguia entender que o chefe de Hadar veio pessoalmente tentar ajudá-lo. Não podia ser tão grave assim! Ela estava aliviada por poder contar com aquele reforço de peso. Assim, a pressão sobre a participação ou não de Anna para solucionar o problema diminuía consideravelmente sobre os seus ombros.

Foi só pensar nisso que a campainha tocou e ela sentiu sua espinha gelar. Mas quando abriu a porta, encontrou Thorsten sozinho, para seu alívio. Não teria que encarar Anna ainda.

— Oi, Thorsten! Entre, por favor. Temos uns biscoitinhos e uns pães ali na mesa. — Ela fechou a porta atrás de si com naturalidade e não perguntou nada sobre o seu encontro anterior, como se nunca houvesse existido uma Anna.

Foi Angelina quem tocou no assunto desagradável para Luna, enquanto Thorsten não perdia tempo e já enfiava três biscoitos de vez na boca:

— Mas e a Anna, Thorsten? Ela não aceitou mesmo nos ajudar?

— Ah é mesmo, me desculpem! — Ele disse de boca cheia. — É que quando falam de comida, eu me esqueço da vida! A Anna está na pracinha, esperando para ter uma boa conversa com a Luna.

Foi como se um balde de água fria, com cinco quilos de gelos extra, tivesse sido jogado sobre a cabeça de Luna.

— Ela está o quê?!? — Luna não queria acreditar no que tinha ouvido.

— Esperando por você na pracinha. — As palavras saíam só pela metade, porque Thorsten havia enfiado agora meio pão na boca. — Ela disse que quer acertar as contas com você.

O sangue de Luna subiu à sua cabeça, o rosto ficou tão vermelho que parecia que ela tinha corrido uma maratona:

— QUEM ELA PENSA QUE É? — Luna gritou tão alto, que se Hubertus ainda não tinha acordado, naquele minuto ele não poderia mais estar dormindo. Ela quer ACERTAR AS CONTAS COMIGO? Por acaso devo levar o meu taco de beisebol? Ela me chamou para uma briga de garotas na pracinha?!?

— Luna, acho que você está perdendo o controle sobre suas emoções. — Angelina interveio, tocando o ombro de Luna de leve. — Isso que você está falando não faz sentido nenhum. A Anna é uma mulher adulta, ela não quer brigar com você. Mas vocês têm uma diferença e...

— Eu vou QUEBRAR A CARA daquela lambisgoia! — Sem terminar de ouvir as ponderações de Angelina, Luna saiu praticamente correndo do apartamento, esbarrando em Raphael, que entrava naquele momento e era a pessoa mais perdida da face da terra.

— O que está acontecendo? — Ele perguntou, atordoado. — Para onde ela vai assim, possuída pelo espírito de um dragão?

— Ela vai quebrar a cara da Anna na pracinha. — Thorsten respondeu, calmamente, enfiando a outra metade do pão na boca. Raphael entrou em pânico e deu meia volta para segui-la, mas Hadar o segurou pelo braço.

— Não vá atrás dela, Raphael.

— Vocês não estão vendo o que vai acontecer? As duas vão se pegar nos tapas!

— Que seja. — Hadar disse, calmamente. — As duas precisam resolver sozinhas o *imbróglio*. E, pelo que sei, você escolheu partir na segunda-feira, depois de amanhã, não é mesmo? Precisa se acostumar com a ideia de abandonar Luna à sua própria sorte.

Raphael sentiu o peso de um soco no estômago com aquela afirmação. Quase se esquecia de que aquele homem ali na sua frente era o anjo da guarda de Luna, que tentaria protegê-la de qualquer mal e conhecia a "menina" até melhor que ele. Hadar deveria saber o que estava dizendo.

— Você tem razão. Eu vou ficar por aqui. — Ele murmurou, quase contra sua vontade.

— Sábia decisão, meu *mancebo*. — Hubertus saía do quarto, sob os olhares surpresos de Thorsten e Raphael, que ainda nem desconfiavam de sua presença ali. — O filósofo terreno Nietzsche já sentenciou que, na vingança e no amor, a mulher é mais bárbara do que o homem.

— Mas Augusto Comte revidou a este acinte: "Superiores pelo amor, mais dispostas a subordinar a inteligência e a atividade ao sentimento, as mulheres constituem espontaneamente seres intermediários entre a Humanidade e os homens." — Angelina replicou, na mesma moeda, embora sorrindo e oferecendo a mão para se apresentar: — Muito prazer, meu nome é Angelina. — Mas na mesma velocidade que a estendeu, ela puxou a mão de volta, lembrando-se de que, se ele era um monitor, a chance de levarem um eletrochoque com o contato era grande. — Sinto que nossa apresentação deverá ser feita sem as convenções sociais terrenas.

Mas Hubertus, para sua surpresa, puxou de volta a mão de Angelina e levou-a aos seus lábios, beijando-a numa saudação respeitosa:

— Permita-me que me desculpe o primeiro momento *chistoso*. É de minha natureza, em qualquer dimensão. Meu nome é Hubertus.

Percebendo a perplexidade de Angelina porque não houve reação elétrica ao contato físico dos dois, Hubertus explicou, apontando para o anel na própria mão:

— Este artefato aqui é capaz de coisas incríveis. Foi ele quem me trouxe até aqui e, com ele, não estou vulnerável aos eletrochoques. — Depois, dirigindo-se aos outros do grupo, completou. — Nós da EOL 45 estamos acompanhando de perto todo o desenrolar dessa história e tomamos nossas precauções técnicas antes que eu me materializasse.

Hadar passou a frente de Thorsten e Raphael, colocando-se ao lado de Angelina:

— Senhor Hubertus! — Ele disse, num tom de respeito — Apesar de estar deveras entusiasmado e de me sentir honrado com a sua presença, temo pelas razões que o trouxeram até nós, como também as possíveis consequências deste ato.

Hubertus se dirigiu a ele e o envolveu num abraço:

— Pois deixemos os protocolos de lado, caro Hadar. Aqui, somos iguais. Pode me chamar de "você". Eu vim para me juntar a esse grupo de pessoas maravilhosas em busca de uma solução para o seu problema. Eu trago saudações de 229 colegas monitores e 10 orientadores. Vamos conseguir unir as duas dimensões e te levar para casa.

28

— Pronto, Vossa Majestade. Estou aqui a vosso dispor!

Foi assim que Luna começou a conversa com a Anna, que a recebeu, sentada no banco da pracinha, com um olhar de desdém. Aquele encontro explosivo tinha tudo para acabar em puxões de cabelo e gritos histéricos. E Luna parecia querer mesmo provocar a fera: ela precisava achar alguém para extravasar os intensos sentimentos a que esteve exposta nos últimos momentos e Anna parecia a vítima perfeita.

— Está vendo? É por isso que eu queria conversar com você a sós. — Anna fechou a cara, mal humorada. — Você é uma pessoa muito difícil.

— Ah, então vamos brincar de dizer o que uma pensa da outra? — Luna cruzou os braços na frente dela. — É assim que pretende levar essa conversa? Ótimo! Vai ser divertido!

— Exatamente. — Anna se levantou, encarando Luna também de frente. — Posso começar: Luna, eu não gosto de você. Você se comporta como uma menina mimada. Na redação, faz o que quer e usa de charminho para que todos, principalmente os homens, façam suas vontades.

— O quê? Eu não vou ficar aqui escutando uma bobagem

de uma desqualificada como você...AI!!! — Luna protestou e já ia saindo, emburrada, quando Anna a segurou pelo braço, com força:

— Está vendo? Você não aguenta ouvir a verdade!

— Solte o meu braço agora! — Luna deu um solavanco com a própria mão, o que acabou atingindo a ela mesma, com violência.

— Termine de escutar o que eu tenho a dizer! — Anna provocou. — Mostre que você é uma mulher adulta, que não se esconde atrás de homem nenhum.

— Eu não me escondo atrás de ninguém! Não seja ridícula!

— Se esconde, sim! Você usa as pessoas à sua volta. Tim, por exemplo: ele te deu cinco dias de folga, enquanto o médico só prescreveu dois dias de descanso, porque você teve um *acidentezinho* com uma bicicleta. Você chega atrasada quatro vezes por semana e traz um cappuccino para ele, faz uma ou outra piadinha e ele NUNCA chama a sua atenção.

— Ah, francamente, Anna. Depois eu é quem sou mimada! Você está com ciúmes do meu relacionamento com o nosso chefe *também*? — Esse foi o erro de Luna. A palavra **também** fez com que Anna finalmente aumentasse a voz e demonstrasse estar tão descontrolada quanto Luna.

— Ah, com ciúmes **TAMBÉM**. Então vamos falar de Raphael! Você sabe muito bem do meu interesse por ele porque eu, AO CONTRÁRIO de você, não sou dissimulada. Eu te disse pessoalmente que estou interessada nele. E sabe o que você faz? Você prende o Raphael num joguinho até encontrar algo melhor. Você colocou o Raphael no modo espera, num forninho para mantê-lo morno até que...

— Cale a boca, sua lambisgoia! — Luna gritou mais alto e algumas pessoas que passavam começaram a se perguntar se era o momento ideal de chamar a polícia. — Você não tem o direito de falar assim sobre mim!

— Realmente, eu não tenho. Mas se você quer a minha ajuda, vai ter que me escutar, SIM! Estou cansada de ser a vilã da redação, porque você fez questão de ser a boazinha dissimulada, enquanto eu sou a sincera! Você usa o Raphael, sim. Você abusa da boa vontade dele e eu não estranho em nada o fato dele estar indo para Roma ficar longe de você!

— CALE A BOCA! — Luna gritou a plenos pulmões, segurando os braços de Anna com força, no mesmo momento em que Anna parecia que ia explodir de ira, encarando Luna com ódio.

O resultado daquela histeria toda, nenhuma das duas podia imaginar, mas puderam escutar com clareza: quatro tonéis de lixo, de mais de um metro de altura cada, a 150 metros de distância das duas, se espatifaram no chão de uma só vez, como se alguém os tivesse levantado e atirado com força em direção ao solo. Mas não havia nada, nem ninguém, perto deles.

As duas mulheres pararam de gritar imediatamente e olharam assustadas para a cena. Continuavam segurando os braços uma da outra, mas se há poucos minutos estiveram a ponto de se estrangular mutuamente, elas agora se apoiavam como duas meninas medrosas.

— Foi... foi você quem fez isso? — Anna perguntou devagar, com a voz trêmula.

— Não! Claro que não! Achei que tivesse sido você! — Luna respondeu baixinho.

O lixo que estava dentro dos tonéis, rolava agora, solto, pelo chão. O alarme de alguns carros disparou com a pressão e a violência do impacto. No prédio de apartamentos residenciais mais próximo, que ficava a 500 metros dali, alguns moradores se postavam nas varandas, atraídos pelo barulho que se assemelhara a uma explosão.

As duas não tinham certeza, mas desconfiavam de que aquilo tinha sido provocado por elas. Soltando o braço de Luna, foi Anna quem teve coragem de expressar isso primeiro:

— Eu acho que tem a ver com nós duas, juntas. E com as histórias que o Thorsten me contou agora e que Halaliel me contou quando eu era criança. — Ela ponderou, ajeitando o rabo de cavalo que sempre mantinha seus cabelos extremamente lisos e loiros impecáveis.

Luna também se ajeitou: abaixou a cabeça, puxou uma mecha de seus cabelos para trás de uma orelha e se sentou no banco à frente das duas, bem mais calma.

— É tudo muito estranho e esquisito, Anna. Eu não te julgo: anjos da guarda materializados, revelações, poderes... Tudo isso parece historinha para boi dormir. — Luna enfiou as mãos no bolso do casaco, desconcertada.

— Eu sei! Mas para falar a verdade, eu me lembro bem que a minha mãe biológica já havia me contado que a minha avó era uma monitora. Ela faleceu pouco antes dos meus pais, quando eu tinha seis anos de idade. — Anna quase sussurrava, olhando em volta para se assegurar de que ninguém havia escutado o que ela dissera — Mas eu achei que fosse uma dessas mentiras que os pais contam como a existência do Papai Noel...

— Ou de extraterrestres...— Luna completou e as duas riram. Raphael tinha a fama de ser fanático por programas de TV sobre extraterrestres e isso todos que trabalhavam com ele sabiam.

Anna olhou para Luna de um jeito diferente, como nunca tinha olhado antes. Era como se tivesse um pouco de... *humanidade no olhar,* Luna pensou.

— Quem diria teríamos uma coisa tão forte em comum?

— O fato de sermos meio ETs? — As duas riram novamente e Anna respirou fundo antes de falar:

— Eu quero me desculpar pelo jeito que falei sobre você e o Raphael. Você tem razão, eu não tinha o direito.

— E eu quero me desculpar por ter te chamado de lambisgoia. — Luna replicou sincera. Ela podia até pensar que Anna era uma lambisgoia, mas gritar aquilo assim, no meio de uma praça em Berlim... Aquilo era um pouco abaixo do seu nível. — Com relação a Raphael... — Ela precisava e queria dizer alguma coisa sobre Raphael. O difícil era saber como. E o quê.

— Esquece isso, Luna. — Anna fez o favor de interrompê-la, levantando-se do banco. — Raphael virou história para mim. — Enfiando as mãos no bolso e indicando com a cabeça que as duas deveriam andar, ela propôs:

— Vamos logo para o seu apartamento, fazer o teste com o recado de sua avó. Estou curiosa. E com fome. O que tem para comer lá?

Quando Anna e Luna voltaram ao apartamento, um silêncio constrangedor preencheu o ambiente logo que chegaram. Principalmente por parte de Raphael, que não conseguia entender como as duas voltaram sem marcas de sangue pelo corpo e ainda com a maior parte dos fios de cabelo em seu devido lugar.

Ainda bem que havia muitas apresentações a serem feitas e coisas a serem esclarecidas: Hubertus contou a respeito do engajamento de todo o time e o envolvimento de outras jurisdições para tentar resolver a questão, o que deixou Hadar extremamente emocionado. A única coisa que Hubertus ocultou foi que ele tinha vindo com a intenção de executar o plano B, que era o de entregar o anel para que Hadar voltasse sozinho à dimensão dos dois. Mas isso, ele só contaria se houvesse necessidade.

Enquanto Thorsten enchia Hubertus de perguntas científicas sobre a dimensão deles, e todos os outros presentes prestavam atenção a suas narrativas, Raphael se aproximou de Luna por um momento na cozinha, enquanto ela preparava mais uma garrafa de café para o grupo.

— Vocês se entenderam? — Ele perguntou, com cuidado, esticando o pescoço em direção a Anna, que parecia bastante entretida na conversa com os monitores.

— Sim, conversamos como duas pessoas civilizadas. — Ela mentiu. — O que você estava esperando? Gritos histéricos e empurrões?

— No mínimo! — Ele sorriu, cínico. E lá no fundo do coraçãozinho de Luna, ela agora sabia o quanto sentiria falta daquele sorriso. — Você me decepcionou, Luna Meyerhof. Apostei 50 Euros com o Thorsten que a Anna subiria com um olho roxo e sem um dente.

— Que bom! Thorsten já tem 50 Euros como capital para investir na carreira dele. — Ela brincou, retirando a garrafa de café da mesinha da cozinha para levá-la para a sala. — E você tem menos 50 para começar sua vida nova, depois de amanhã.

Quando ela saiu com a garrafa, não viu que o sorriso de Raphael já tinha se escondido e dado lugar a uma expressão triste, que não passou despercebida a Angelina, no meio de toda aquela confusão de pessoas. Mas ela ainda não havia desistido de seus planos e, mais tarde, investiria naquele assunto novamente. Mas agora era hora de pensar em Hadar.

— Luna, que tal fazermos agora o teste com o caderno? — Ela sugeriu, chamando Anna para se sentar próximo às duas, que atendeu prontamente.

Luna também concordou e, como se tivessem ensaiado, todos se calaram por um momento. Os homens, monitores materializados ou homens comuns, assistiram, então, em silêncio, as três mulheres segurarem o caderno com as duas mãos. Como da outra vez, primeiramente nada aconteceu. Mas Angelina sugeriu:

— Vamos fechar os olhos e pensar, as três, numa só coisa: precisamos abrir a outra dimensão desse caderno.

E foi assim que procederam. Dessa vez, Angelina nem precisou cantar. No exato momento em que Anna se concentrou, surgiu do caderno o holograma anterior, com o recado que já conheciam desde a outra vez, e uma espécie de tela para virar a página. Hubertus fez um sinal para que Hadar se aproximasse e tocasse o holograma, ativando a nova parte da mensagem.

As mulheres abriram os olhos e se depararam então, com

o reflexo de uma tela azulada que ocupava quase todo o espaço sobre eles. Anna se assustou com o que viu, e Angelina fez sinal com a cabeça de que tudo estava bem, e que as três continuassem segurando o caderno com as duas mãos.

Novamente, como se escrito à mão com a grafia de Magnólia, a primeira parte da mensagem, refletida como num filme:

"Instruções para a reversão de um quadro de materialização involuntária de um monitor do Departamento Independente de Proteção Individual. Ou seja: como devolver um anjo."

29

"Querida Luna!

Muitas coisas ficaram sem ser ditas por nós, mas, a esta altura, você já percebeu que nós duas somos diferentes da maioria das pessoas: eu fui o que você conhecia como 'anjo da guarda', antes de me apaixonar perdidamente pelo seu avô e perceber que tudo o que queria era viver e morrer ao lado dele. Não tenha dúvidas de que fui muito feliz e não me arrependo em nenhum momento de nada que fiz. Infelizmente, seu avô partiu primeiro que eu e, no momento em que escrevo esse documento para você, dia 05 de maio de 2010, penso nele com a certeza de que cada minuto dos nossos 30 anos juntos valeu a pena. E nem por toda a eternidade eu trocaria esse tempo que passei ao lado dele e de vocês, minha querida família terrena. Vocês foram o melhor que já me aconteceu em todos os séculos da minha existência.

Mas vamos ao que interessa: depois de muito te observar, percebi que você possuía algumas das mesmas faculdades que eu, quando habitava a dimensão dos monitores. E, desde o seu primeiro contato com o seu monitor, ficou claro que sua persistência e fixação pelo 'anjo da guarda', ao lado do potencial energético que se manifestou desde cedo em você, acabariam colocando o seu 'anjo' numa enrascada. Até o dia de hoje isso não aconteceu, mas caso aconteça depois da minha morte, quero que você receba por meio desse documento criptografado as instruções para que seu monitor possa voltar à dimensão dele.

Tenho certeza de que a DIPI da EOL 45 (a esta altura você já deve saber o que é isso) também está trabalhando arduamente para reverter essa situação. Mas como falta à outra dimensão alguma experiência deste lado, anoto aqui as minhas deduções sobre o assunto.

Primeiro: O monitor precisará anular completamente as interferências elétricas ou eletromagnéticas dessa dimensão.

Segundo: Ao mesmo tempo, será necessário que as mesmas pessoas que te ajudam neste momento, estejam presentes e ativas energeticamente. Mas vocês precisam potencializar, e muito, a energia que emitirem.

Terceiro: Todos, sem exceção nenhuma, que se encontram com você agora, devem estar juntos no momento do 'envio'.

Quarto: Sua mente, Luna, deve estar em sintonia com o seu coração. Entregue-se e mergulhe, sem medo.

Espero que isto te ajude. Boa sorte, minha querida neta! Eu te amo muito e espero que, um dia, nós possamos nos rever e nos abraçar numa dimensão em comum a todas as almas do universo.

Fique em paz!

Beijos da sua avó Magnólia"

Quando terminaram de ler a mensagem, todos, com exceção de Hubertus e Luna, tiveram que secar uma lágrima que rolava, teimosa, no rosto de cada um. Hubertus não chorou, pois, ainda, não conhecia a maioria das sensações terrestres, ainda não compartilhava das emoções humanas como Hadar já o fazia, portanto, não foi tocado pela mensagem. Luna, por sua vez, não derramava só uma lágrima, mas chorava copiosamente, mesmo que calada, abraçada agora ao caderno. A despeito das instruções da mensagem, mesmo que muito valiosas, aquelas foram as últimas palavras que recebia de sua avó tão amada e, obviamente, a saudade lhe apertou o coração ainda mais naquele instante.

Thorsten foi o primeiro a chamar todos à objetividade:

— Vamos pensar juntos, pessoal. O que podemos executar de maneira prática a partir da mensagem?

— Bem... Pelo que eu entendi, Luna e Hadar não estarão sozinhos na tentativa de "devolução" — Raphael afirmou, com cuidado e se controlando para não correr até Luna e abraçá-la como sempre havia feito. Era difícil vê-la chorar e bancar o indiferente. — Parece que todos devemos estar presentes.

— Com relação a isso, acho que ficou claro. Mas o que me dizem sobre o primeiro item, das interferências elétricas ou eletromagnéticas? — Thorsten indagou aos demais.

— Havíamos discutido isso no Departamento. — Hubertus replicou. — Esse artefato que Hadar porta sobre a cabeça é até eficiente, mas não poderoso o bastante para anular todas as interferências.

Anna também se arriscou a participar da discussão:

— Eu não sei o que vocês têm em mente, mas imagino que isso, que fizemos aqui com o caderno, devemos fazer com o Hadar.

— Possivelmente. Isso, somado a uma anulação das interferências. — Raphael completou.

Angelina, que ainda estava calada, se aproximou de Hubertus e apontou para o seu anel:

— E se usarmos o seu anel? Ele não pode anular as ondas eletromagnéticas? Não foi assim que você e eu evitamos um eletrochoque, apesar do nosso contato físico?

Evitando entrar em mais detalhes, Hubertus respondeu com calma:

— É uma coisa a se considerar. Mas ainda acredito que não estamos falando aqui de um artefato, mas sim, de um ambiente neutro. Thorsten, como é aqui nessa dimensão? Vocês têm um ambiente em que estão a salvo de influências de energia?

— Existem diversas possibilidades, diversos dispositivos antitecnologia, mas como um ambiente... isso eu não saberia dizer.

— Pelo que eu me lembre das aulas de física, a gente pode se proteger de um campo elétrico entrando em um carro... — Luna mencionou. — Quem sabe, se Hadar estiver dentro de um automóvel, as interferências são anuladas?

— Pode ser... Mas quando fomos ao Palácio, hoje cedo, eu estava dentro do ônibus e tirei por um *átimo* o cone de papel alumínio e esbarrei em Angelina... — Hadar ponderou, e Angelina completou a sua fala:

— É verdade! Levamos um choque daqueles!

— Então tem que ser um ambiente blindado, mas que, ao mesmo tempo, possa ser receptor da nossa energia, potencializada? — Anna resumiu. — Não consigo imaginar nada assim... E, mesmo se tivéssemos todo o tempo do mundo, ainda assim seria cientificamente complicado construir algo assim!

— Eu já sei! — Raphael exclamou, de repente, animado. — As aulas de eletrônica que tive durante o meu curso técnico depois da escola valeram a pena! É simples! Vou dizer com três palavras: gaiola de Faraday.

— Gaiola de quem? — Luna e Anna perguntaram ao mesmo tempo, e se entreolharam, assustadas. Por algum motivo estranho, elas estavam em sintonia.

— Faraday! — Raphael quase gritou, animado pela sua lembrança. — Ele foi um físico britânico, autor de um experimento para provar os efeitos da blindagem eletrostática: construiu uma gaiola de metal carregada por um gerador eletrostático de alta voltagem e colocou um eletroscópio em seu interior para provar que os efeitos do campo elétrico gerado pela gaiola eram nulos. O próprio Faraday entrou na gaiola para provar que seu interior era seguro. Daí esse experimento ficou conhecido por "Gaiola de Faraday".

— Tem razão, Raphael! — Thorsten começou a compartilhar da mesma animação que Raphael, enquanto os outros ainda tentavam acompanhar o raciocínio. — Eu me lembro de ter visto um experimento assim num museu na Espanha, quando era criança.

— Okay, digamos que isso possa dar certo... — Hubertus

ponderou. — Não podemos nos transportar, todos, tão rápido para a Espanha... Não há por aqui algo semelhante?

Os cinco moradores de Berlim se entreolharam, mas nenhum parecia conhecer nada parecido. Como o laptop de Luna estava sobre a mesa, Thorsten perguntou a ela se poderia fazer uma pesquisa, ao que ela concordou. Depois de um instante, chegaram à página do Museu Alemão da Técnica, o *Deutsches Museum* de Munique:

— "Os testes efetivos com tensão de até 300.000 volts são seguidos de experimentos com tensões de pulso que atingem um valor de pico de quase um milhão de volts em dois milionésimos de segundo e, assim, simulam descargas atmosféricas de até 1.000 amperes de corrente de descarga. Um funcionário do Museu Alemão entra na gaiola de Faraday e é exposto a uma erupção elétrica". — Thorsten leu em voz alta para todos, enquanto assistiam a um vídeo do Museu com a experiência fantástica.

— Então está claro, não é? — Luna aproximou-se de Hadar e pegou suas mãos, olhando-o com carinho. — Vamos fazer um passeio de uns 500 km de distância. E vamos ter que dar um jeito de te enfiar naquela gaiola. — Depois, encarando o grupo, perguntou:

— Podemos contar com todos vocês? Provavelmente vamos ter que fazer alguma coisa ilegal para usar esse equipamento. — Ela olhou primeiro para Raphael, que concordou balançando com a cabeça, e depois diretamente para Anna, que também assentiu.

Angelina se levantou e foi até Luna, afagando seus cabelos com carinho:

— Você e Hadar podem contar conosco. Mas precisamos organizar tudo direitinho, de preferência para podermos partir amanhã bem cedinho. O transporte, por exemplo: eu posso dirigir meu carro, que é bastante espaçoso, mas, com conforto, só caberiam quatro ou cinco pessoas lá.

— Outra pessoa pode ir comigo no meu carro. — Anna ofereceu solícita e Luna sentiu o coração disparar, esperando que ela convidasse Raphael. Mas se enganara. — Tudo bem para você, Thorsten?

— Claro! Com prazer! — Ele respondeu, para alívio de Luna.

— Ótimo. Então vamos combinar todo o resto. Mas como hoje não podemos fazer nada além disso e de esperar o tempo passar, tenho um convite a fazer para todos. Tenho uma apresentação especial no clube de Jazz e Soul hoje à noite e exijo a participação de **todos** e não aceito uma negativa de ninguém aqui. Fui clara? — O tom de Angelina era decidido, mas seu olhar brando foi endereçado principalmente para Luna.

Hadar se dirigiu a Hubertus, sorrindo:

— Prepare-se, Hubertus. Esta noite você vai descobrir o caminho para um coração humano!

Ele mal sabia que outras pessoas ali, naquela sala, também dariam tudo para fazer a mesma descoberta.

30

Primeiro, o grupo tratou das questões logísticas a respeito da viagem até Munique: Anna seguiria com Thorsten em seu carro e os dois voltariam na mesma tarde ou noite para Berlim, já que ela teria que trabalhar no dia seguinte. No carro de Angelina, uma minivan para seis pessoas, seguiriam os outros. Mas se tudo desse certo, o carro retornaria quase vazio. Só Luna embarcaria com ela, e isso na segunda-feira: Angelina queria visitar uma amiga à noite e Luna reservou um quartinho para si numa pensão perto do Museu Alemão da Técnica. Raphael não voltaria com elas, pois havia comprado uma passagem para Roma, partindo de Munique: pegaria o primeiro voo da manhã e, por isso, passaria a noite no aeroporto.

Claro que essa decisão de Raphael foi um verdadeiro balde de água fria para Luna, apesar de ela saber que ele partiria na segunda-feira. O problema é que essa intenção se tornou real, com uma passagem comprada, um horário e local de embarque. O adeus tomava formas concretas, com todos os contornos indesejáveis de um momento inadiável.

Como Luna não queria que os outros percebessem sua tristeza, fez uma das coisas que sabia fazer melhor: ela foi intragável. Simplesmente decretou que precisava de cinco horas de descanso sozinha e expulsou todo mundo de sua casa até a hora do show. Ninguém ficou chocado; afinal, como Thorsten já havia dito uma vez, eles estavam em Berlim e nada era anormal naquela cidade. Assim, o grupo se dividiu: os monitores foram para a casa de Angelina e Anna convidou Thorsten para comer um sanduíche com ela e conversarem mais sobre as suas anotações a respeito de Halaliel. Raphael, como era de se esperar, foi para casa organizar o que poderia levar consigo para Roma numa mala de 20 kg.

Luna aproveitou que estava só e dormiu a tarde inteira. Acordou com uma grande escuridão à sua volta, somente porque o telefone estava tocando. Atendeu o celular no susto, sem nem ver direito quem estava ligando:

— Você não vai vir mesmo? Eu sabia que a lambisgoia era você e não eu! Hahahaha! Vai perder a comemoração! — A voz estridente de Anna do outro lado da linha parecia ecoar em cantos do seu cérebro que ela nem conhecia.

— Anna! Eu... acabei dormindo... — Ela disse, confusa. Que horas são? Já estão todos no clube?

— Já há muito tempo! A Angelina já até fez a apresentação, agora quem está tocando é uma banda de... de que mesmo? — Anna praticamente gritava do outro lado e estava decididamente bêbada. Luna coçou a cabeça e fechou os olhos, mal humorada, pensando se ainda deveria mesmo ir ao clube.

— Acho que vou continuar dormindo, Anna. Diga, por favor, ao Hadar que...

— Nem pensar, sua bruuuuu... Ops, desculpa, hahahaha! — Luna afastou o celular do ouvido. Aguentar Anna bêbada era demais para ela. — Ô Luna, você vai perder a comemoração tooooda.

— Anna, você está bêbada! — O comentário saiu como se Luna tivesse 85 anos e Anna fosse uma adolescente de 14. — De que comemoração está falando?

— O Thorsten! Aliás, aqui para nós... — Ela começou então a tentar sussurrar, mas o volume da música no clube não deixou que Luna entendesse nem uma palavra. Somente quando Anna voltou a gritar é que ela escutou:

— Além do mais, o anjo da guarda é seu. Vem logo e...

Luna desligou o telefone sem deixar que Anna terminasse a frase. A vontade dela era de voltar a dormir, mas ela não podia deixar Hadar, e agora Hubertus, dependendo de outras pessoas depois que o show acabasse. Numa coisa Anna tinha razão: o anjo da guarda era dela e foi ela quem gerou toda essa situação, responsável pela presença de cada uma das pessoas que agora estavam no clube, comemorando sabe-se lá o quê.

Luna havia notado certo interesse de Anna por Thorsten – e dele por ela também. Precisava se lembrar de dizer a ela que ele era morador de rua, apesar de se parecer com Chris Hemsworth, ter um título de doutor em teologia e ser muito educado e atraente. Ou, talvez, Anna devesse descobrir isso sozinha, no Clube. Só isso já valeria a pena todo o sacrifício de encarar um chuveiro e se arrumar para sair na noite gelada de Berlim.

Foi o que ela fez. E caprichou no visual. Já que Anna estava bêbada e provavelmente não tinha tido tempo para uma grande produção, pois havia levado Thorsten para lanchar, ela queria ser a mulher mais atraente da noite. Competição era competição, e Luna nunca deixaria de querer marcar pontos para cima de Anna, mesmo que ela estivesse colaborando com o projeto de "devolução" de anjo.

Escolheu para a noite um vestido vermelho, que quase nunca usava. Ele acentuava as curvas do seu corpo e era muito sensual, apesar de confortável. Lembrou-se de que havia comprado aquele vestido há uns seis meses, com Raphael. Com satisfação ela se recordou da expressão dele dizendo que, com aquele vestido, era impossível conversar com ela de frente, porque os olhos caíam no seu decote, e muito pior era quando ela virava de costas, pois o formato do seu corpo dentro daquele vestido era praticamente uma indecorosidade.

Naquele dia, Luna riu e comprou o vestido assim mesmo, prometendo que nunca o usaria se saísse com Raphael, já que a amizade deles não poderia passar um aperto daqueles. Mas hoje ela resolveu usá-lo. Não era Raphael que queria distância? Não fora ele quem havia praticamente dado um fora nela? Já que a amizade dos dois estava também indo por água abaixo, que ele tivesse, então, o gostinho de vê-la como a mulher que era, com todas as suas armas de sedução, mesmo que não estivessem apontadas para ele.

Em 20 minutos de caminhada ela chegou ao clube e encontrou o grupo praticamente no meio de uma grande festa: todos, absolutamente todos, estavam um pouco bêbados. Até mesmo os anjos que, com certeza, deveriam ter caído novamente na conversa de "experiência social antropológica" de Thorsten. A banda de jazz tocava Ray Charles com "Hit the road Jack" e os seis novos amigos rebolavam, uns com um pouco mais de talento do que os outros, ao som da música e com muitas risadas.

Quando Luna se juntou a eles, o grupo comemorou a sua chegada. Recebeu muitos abraços e beijos de todos, que elogiaram como ela estava bonita. Menos Raphael, que a abraçou levemente, olhando para o outro lado para evitar encarar o seu decote. Thorsten, por sua vez, a lançou para dentro dos seus dois metros de altura num abraço apertado.

— Luna! Luninha! Lunática! — Quando ele a libertou do seu abraço, ela foi obrigada a rir.

— Thorsten, você bebeu demais! Aliás, todos vocês! Você embebedou até os anjos! — Ela queria parecer zangada, mas não conseguia. A cena era engraçada demais.

— Não, juro que não! Eles tomaram um gole só para experimentar. Estão bêbados só de alegria, como eu também, Lunática! Posso te chamar de Lunática? — Ele segurava o rosto dela com a intenção de que aquele fosse um gesto quase fraternal, mas o seu teor alcoólico era muito alto para que ele conseguisse controlar a sua mão gigante, a qual acabou passeando pela testa e pelo nariz de Luna, que foi obrigada a segurá-la, antes que causasse um acidente.

— Não, claro que não pode me chamar de *Lunática* — Ela protestou, livrando-se também das mãos de Anna, que acabara de chegar, e mexia, sem o menor pudor, em seu decote.

— Você veio vestida para matar, sua bruxa! Ops, de-desculpa! Sem ofensas, hahahaha! Uau, parabéns! — Anna chegou tão perto do rosto de Luna, que ela ficou com medo de que fosse receber um beijo na boca. Se arrependimento matasse, ela estaria caidinha no chão, morta da silva. Era muito cansativo lidar com tantos bêbados ao mesmo tempo: Angelina dançava com Hubertus, Raphael e Hadar faziam trenzinho com os convidados da mesa vizinha e Thorsten e Anna continuavam fazendo uma espécie de sanduíche dela.

— Precisamos comemorar, Luna! — Anna entregou a ela um copo com uma bebida qualquer que se encontrava sobre a mesa. Luna aceitou e tomou logo um gole generoso dela: se ela ficasse mais um minuto completamente lúcida, sairia correndo dali.

— Por que você está falando em comemoração o tempo todo? — Ela quis saber, tomando mais um gole generoso da bebida, que identificou como sendo uma versão simples de "Charly", basicamente coca cola com vodca e gelo.

— Ninguém te contou? — Thorsten gritou, com uma expressão como se tivesse tido o primeiro filho. — Você não está sabendo? Espera! Pare de beber isso aí agora e pede um champanhe para escutar a notícia.

Por um milésimo de segundo, Luna pensou que, se fosse Anna que estivesse pagando a conta dele, ela deveria mesmo pedir o Champanhe. Mas aquilo poderia se virar contra ela em algum momento. Assim, preferiu não arriscar.

— Estou bem com isso aqui que estou bebendo! Vai, me conta! O que aconteceu?

— Estou rico, Luna. Rico! Nunca mais vou ter que dormir na rua!

A sorte de Luna é que ela não estava bêbada quando escutou o que Thorsten disse a ela nos próximos minutos, pois assim foi mais fácil registrar a história quase absurda: quando ele saiu do apartamento dela com Anna e os dois foram comer um sanduíche juntos, Thorsten viu, ao lado da lanchonete, o nome do escritório de advocacia que tinha enviado o e-mail para ele, coisa que ele tinha descoberto quando abriu sua caixa de correio eletrônico para enviar um e-mail para Angelina.

Ele viu, pela janela, que um funcionário estava presente, apesar de ser uma tarde de sábado, e foi encorajado por Anna a entrar e se apresentar para assim, quem sabe, marcar um horário para um momento mais propício.

Só que Thorsten não contava com o fato de que aquele não era um funcionário, mas o advogado responsável pelo escritório que, quando descobriu que se tratava de Thorsten, pediu que ele apresentasse seus documentos antes de iniciarem qualquer diálogo. Depois que Thorsten provou quem era, o homem caiu na cadeira, aliviado: ele esteve procurando por Thorsten durante meses para fazer valer a herança do seu parente distante.

— Esse meu tio-avô, que eu nem sabia que existia, não tinha nenhum outro parente vivo e, pelo jeito, sabia de minha existência, mas perdeu meu rastro quando fui internado na clínica. Ele me deixou 500 mil Euros, Luna! 500 mil! Eu não tinha nem um Euro hoje pela manhã!

Foi a vez de Luna quase desmaiar. Se 500 mil Euros não eram uma fortuna, as duas casas em pontos diferentes de Berlim, três automóveis e obras de arte que ainda não haviam sido avaliadas, guardadas nos cofres do Deutsche Bank, formavam, sim, um pequeno tesouro. E faziam de um mendigo simpático um partido para nenhuma mãe do mundo colocar defeito.

— Não é maravilhoso? — Anna abraçou Thorsten e ele a apertou pela cintura. — É praticamente um milagre, não é mesmo?

— E eu devo tudo isso a você, Luna! — A frase de Thorsten era endereçada a Luna, mas o olhar dele estava dentro do de Anna. — Principalmente por ter tido a chance de conhecer a Anna, que é uma mulher maravilhosa.

31

Luna fez questão de se virar, com o pretexto de colocar a bebida sobre a mesa. Não iria testemunhar qualquer coisa entre Thorsten e Anna. A lambisgoia tinha acabado levando a melhor, prestes a fisgar o melhor partido num raio de 100 mil quilômetros. Mas, ao se virar, viu Raphael conversando com uma loira, próximo ao bar, e seus olhares e sorrisinhos não escondiam que estavam bastante interessados um pelo outro. O sangue de Luna lhe subiu à cabeça, por pura raiva, e ela pensou em ir até ele, abraçá-lo, roubar a cena e impedir que ele tivesse qualquer sucesso amoroso, como tantas vezes já tinha feito.

Mas desistiu da ideia. Pensou melhor e pegou o copo novamente, virando tudo de uma vez. Foi até Angelina e pediu que ela levasse Hadar, Hubertus e Thorsten para o seu apartamento, pois a porta estaria aberta. Angelina, mesmo sem entender direito os motivos de Luna, fez uma sugestão melhor: naquela noite ela os levaria para o próprio apartamento e buscaria Luna no dia seguinte, às 9 horas, para que partissem em direção a Munique.

Luna concordou e caminhou para a porta do clube, zangada. Ela não ficaria ali, assistindo à felicidade de todos, enquanto o seu próprio coração estava em frangalhos. Quando já estava saindo, sentiu que a mão de um homem a puxava de volta e, quando se virou, deu de cara com Markus, o seu ex-*caso* que trabalhava no Parlamento, casado e sem vergonha, que vivia no seu pé.

— Olha só quem o destino reuniu aqui esta noite! — Ele encostou praticamente metade do seu corpo no dela, varrendo todos os ângulos do decote de Luna com os olhos. Markus cheirava a uísque e estava visivelmente bastante embriagado. — Que surpresa ver o amor da minha vida assim, tão linda! Você me mata desse jeito, Luna.

— Oi, Markus! Que tal aumentarmos um pouco a distância entre nós dois? — Ela tentou se esquivar dele, soltando o seu braço, mas ele aproveitou para abraçá-la pela cintura.

— Para quê, Luna? Eu e esse vestido nos conhecemos tão bem! Eu me lembro muito bem dele! Mas melhor ainda são as minhas lembranças da falta dele! — Markus levou os lábios ao pescoço de Luna, dando uma mordidinha no lóbulo de sua orelha, enquanto ela continuava tentando se esquivar — Vamos matar a saudade, vamos, minha morena?

— Acho que ela não está a fim de matar a saudade, Markus.

Era Raphael quem chegava e puxava Luna dos braços de Markus. Os dois homens estavam bêbados, mas Markus, devido à surpresa, quase rodopiou com o solavanco. Luna não esperava por aquilo e mal teve tempo de entender como Raphael havia chegado tão depressa até a porta naquele estado, ainda mais em tempo de escutar o que Markus tinha dito.

Markus olhou para ele com desdém:

— Ah, Raphael. O amigo abobado da Luna. Não tem nada para você essa noite em outro lugar? Estamos tendo uma conversa aqui e você, como sempre, não percebeu que só atrapalha.

Sem nem saber de onde tinha vindo o empurrão, Markus, que estava no vão da porta de saída, caiu com toda a força do lado de fora. Raphael, mesmo balançando um pouco mais do que o normal pelo efeito do álcool, o havia acertado em cheio e os dois rolavam no chão da entrada do clube:

— Eu vou te mostrar a minha bobeira, seu idiota. — Raphael gritava enquanto acertava, quase que por acaso, o nariz de Markus que, apesar do álcool ingerido, mas graças a muitos anos de treinamento em artes marciais, conseguiu se livrar de Raphael e acabou acertando vários socos em seu rosto e um no seu estômago, que o derrubou de dor.

— Parem com isso agora! — Luna gritou, histérica e assustada, e Markus foi até ela, com um sorriso cínico:

— Calma, minha morena, eu só estava me defendendo desse daí e...

Sem saber de onde tirara a força, Luna acertou Markus em cheio com um chute nas partes baixas, o que o levou novamente ao chão, choramingando.

— Não me procure nunca mais, seu cafajeste! Vai para casa agora, senão eu mesma ligo para a sua esposa e mando umas fotos nossas para alegrar a noite dela. — Ela ainda gritou por cima dele, antes de socorrer Raphael, ainda contraído de dor pelas pancadas.

— Vem, Rapha. — Apoiando Raphael para que ele pudesse caminhar, ela o levou para fora do clube. Se antes ele já andava cambaleante pelo álcool, agora tinha um outro motivo para andar mais torto do que reto. Por sorte, ninguém havia percebido a confusão – nem dentro, nem fora do estabelecimento. O apartamento de Raphael era mais próximo do Clube do que o dela; assim, resolveu ir com ele até lá.

Com dificuldade subiram as escadas e, quando finalmente entraram, Raphael se jogou no sofá, meio sentado, meio deitado. Luna tirou os sapatos dele e o ajeitou melhor. Depois de tentar encontrar uma vasilha na cozinha onde pudesse colocar água (quase tudo já estava encaixotado), ela se sentou no chão ao seu lado para limpar as feridas que se formaram devido aos socos de Markus.

Durante todo o trajeto, Raphael gemeu, ou reclamou, ou falou coisas sem sentido sobre Hadar, Hubertus e até tentou fazer alguma gracinha sobre Thorsten. Luna não dissera nenhuma palavra. Até aquele momento:

— O que deu na sua cabeça, Rapha? Você bebeu demais! Nem andar direito você estava conseguindo!

— Você está brava, não é? — Ele respondeu, soltando depois um longo suspiro, como se estivesse esperando levar um sermão.

— Hoje não, Luna. Você nunca ligou para a quantidade de bebida que eu ingeri! — Ele resmungou, de olhos fechados.

— Você pulou em cima do Markus como um homem das cavernas, eu nunca te vi assim. — Ela retrucou. — Tudo bem que ele é um idiota, mas a gente tem que dar um bom exemplo para os anjos. — Ela riu, segurando o rosto dele agora com as duas mãos para limpar um ferimento perto dos olhos.

Neste momento, Raphael abriu os olhos e a encarou. Apesar de estar bêbado e esta condição estar visível pela maneira com que não conseguia fixar o olhar, o jeito que ele suspirou de novo ao encará-la fez Luna estremecer.

— Você prometeu que não iria usar esse vestido na minha presença. É injusto — Ele sussurrou e ela sorriu, ainda alisando seu rosto, apesar de não ter mais nenhuma gotinha de sangue por lá.

— Deixa de bobagem, Rapha. Você está bêbado.

— Não é bobagem. — Aproximando seu rosto do dela, ele levou a mão aos seus cabelos, tocando seus cachos com carinho:

— Seus cabelos fazem uma curvinha, imitando as vogais do seu nome: algumas vezes eles desenham um **u**, noutras desenham um **a**. E a lua olha lá de cima com ciúmes, porque vocês têm o mesmo nome, mas você é muito, muito mais bonita que ela.

Ela suspirou. Raphael estava bêbado e sentimental. Ela não podia se aproveitar desse momento de fragilidade dele, ainda mais sabendo que, já na próxima noite, ela provavelmente nunca mais o veria. Mas quanto mais pensava em se afastar, mais se sentia envolvida pelo momento.

Aproximando seus lábios do dele, ela pensou em beijá-lo, mas ainda recuou e desviou no último segundo, tocando seu pescoço levemente com os seus lábios e procurando o perfume amadeirado de que ela tanto gostava. Sentiu que ele enterrou a mão pelos seus cabelos acima da sua nuca, tocando em seguida as orelhas de Luna levemente com os lábios, da mesma forma que Markus havia feito há alguns instantes, no clube.

Ela não resistiu. Voltou os lábios para bem próximo dos dele. E ele, com tal proximidade, não recusou a oportunidade: seus lábios tocaram os dela devagar, com cautela, como se se perguntassem se o que estavam vivendo era real ou fruto de sua imaginação. Como não conseguiam distinguir entre a fantasia e a veracidade, optaram por tornarem-se ávidos e sedentos.

Não havia como lutar contra aquela força que a dominava por completo. Luna se rendeu ao instante e mergulhou no beijo como quem imerge num lago de águas escuras numa noite sem luar: era impossível saber dos seus perigos, era insano, desnecessário... Mas irresistível.

Os dois se deixaram levar pelo desejo, que acelerava o ritmo da respiração e mudava as regras do proibido e permitido entre dois amigos. Pouco a pouco, todos os sinais vermelhos foram arrancados, as placas de sinalização que indicam **Perigo** e **Atenção** derrubadas. Beijos e carícias fugiram, livres e descontrolados, da prisão do pudor onde estiveram guardados por tanto tempo, adentrando territórios desconhecidos, até que nenhuma barreira mais existisse, nenhum vestuário, nenhum gesto, nenhum espaço que separasse os corpos dos dois, reféns do desejo, unidos finalmente como um homem e uma mulher, chegando, juntos, ao êxtase que os levou ao céu dos amantes.

Raphael adormeceu segundos depois, extenuado pelo cansaço, pelo efeito dos socos e do álcool. Luna, não. Ainda deitada sobre o peito de Raphael, ela tentava controlar a respiração e também as lágrimas que teimavam em descer. Não tinha certeza se estava chorando de alegria ou de tristeza. Estava no céu e no inferno, flutuando entre dois mundos como uma alma perdida.

Levantou-se, determinada, ajeitou o vestido e tratou de vestir Raphael, que não reagia a mais nada, com um short que ele usava como pijama. Buscou um cobertor para ele e o ajeitou confortavelmente no sofá, programando antes o celular dele para que disparasse o alarme às 8 h.

Antes de sair, ainda lançou o olhar pelo apartamento, entulhado de caixas de mudança espalhadas por todo canto. Também avistou a mala que ele levaria no dia seguinte, arrumada e disposta, gritando sem palavras que o destino estava traçado e que aquela noite seria somente uma lembrança.

As lágrimas, que há poucos instantes tinham pedido discretamente licença para se manifestar, dessa vez tomaram conta das emoções de Luna sem pudor, quando ela fechou atrás de si a porta do apartamento de Raphael e foi embora sozinha para casa.

32

No dia seguinte, as coisas aconteceram numa proporção de tempo difícil de mensurar: seis horas na estrada pareceram uma eternidade, quando Luna pensava em tudo o que tinha acontecido na noite anterior. Ela se arrepiava com as lembranças que despertavam nela as mais contraditórias emoções: da euforia à raiva, do desejo ao medo, da felicidade ao arrependimento. E o pior: Raphael simplesmente dormira todos os minutos do trajeto. Ela se arrependera de deixar as coisas terem acontecido, já que Raphael tinha bebido... E quando ele bebia costumava se esquecer de algumas coisas. Assim, Luna não tinha certeza se ele havia se lembrado ou não do que havia acontecido.

Se, sob esse aspecto, as seis horas do trajeto se passaram devagar demais, elas correram depressa como as férias de verão quando Luna tentou aproveitar o tempo que lhe restava ao lado de Hadar. Durante todo o tempo, os dois se aconchegaram um ao outro, contaram histórias, riram, lembraram-se de momentos especiais da infância de Luna. Ela também ouviu, atenta, as impressões de Hadar sobre a vida nessa dimensão. E percebeu, com alegria, que mesmo que estivesse apreensivo para voltar, ele havia aproveitado todo o tempo em que esteve materializado:

— Aprendi muito, Luna. Levo comigo lições que são muito valiosas: a da alegria com as pequenas coisas, a esperança, o valor da amizade. Tudo isso na prática, com você, minha menina!

Hubertus observava os dois, calado e atento. Em sua mente, muitas ideias revolucionárias, que jamais pensara em considerar, em todos os anos de sua carreira como monitor, como orientador e, por fim, como Superintendente do DIPI da EOL 45. Depois de várias discussões com Thorsten, tanto na noite anterior (antes que ele desaparecesse junto com Anna e só retornasse um pouco antes da partida para Munique, com um tipo de sorriso no rosto que Hubertus jurou a si mesmo fotografar mentalmente para nunca mais esquecer), quanto em alguns momentos nas paradas entre Berlim e Munique, começou a nascer uma ideia para mudar o relacionamento entre as duas dimensões. Mas primeiramente precisava cuidar para que Hadar retornasse são e salvo para casa.

Quando chegaram finalmente em Munique, estacionaram próximos ao Museu Alemão da Técnica e se reuniram para discutir os próximos passos. Obviamente estavam todos cansados, mas a tensão e a expectativa eram enormes.

— Temos cerca de uma hora até que o museu esteja fechado para o público — Thorsten argumentou. — Precisamos conhecer bem a área da Gaiola de Faraday, observar como funciona para depois, à noite, quando arrombarmos, não se perca muito tempo.

Sim, o plano arquitetado minuciosamente na ausência de Luna, e antes que todos estivessem um tanto alcoolizados na noite anterior, previa duas etapas: na primeira, o reconhecimento do terreno. Na segunda, a invasão do museu por uma porta lateral (que eles nem sabiam se existia ainda e onde ficava) e o acionamento da Gaiola de Faraday.

— Gente... me desculpem! Mas acho que vocês se esqueceram de um detalhe: nós somos um grupo de cinco pessoas e dois anjos sem a menor experiência em delitos e nenhum preparo para um arrombamento. Além do mais, existem, com certezas, câmeras por toda a parte, pessoal de segurança, etc. Hadar, eu amo você de verdade, mas acho que isso não vai te levar à sua dimensão e sim todos nós para a cadeia.

— Não se preocupe com isso, Luna. O plano não foi traçado por nós! — Hubertus sorriu, enigmaticamente. — Tenho toda a minha equipe por trás de mim, mais de 50 monitores de três departamentos estarão envolvidos. Você vai ver!

O grupo se subdividiu, então, para não levantar suspeitas. Hadar entrou com Luna, Raphael com Hubertus e Angelina e, obviamente, o mais novo casal de Berlim, Thorsten e Anna, resolveu ir sozinho. A primeira coisa que combinaram é que iriam direto para o local da experiência, depois de se informarem da sua exata localização na entrada. Eles não podiam perder tempo: o museu tinha uma superfície de quase 5 hectares divididos em 50 seções. Uma pessoa precisaria de aproximadamente 8 dias para conhecê-lo completamente.

Hadar e Luna foram os últimos do grupo a adentrar o ambiente onde se encontrava a gaiola de Faraday e avistaram, em dois cantos diferentes, os outros amigos. A sala estava lotada de gente, pois era a favorita dos visitantes do Deutsches Museum.

Um funcionário do Museu começou a explicar a experiência. No centro do salão, quase completamente escuro, se encontrava uma série de equipamentos iluminados. Crianças e adultos se agrupavam perto da cerca que os separava das máquinas: a primeira delas era formada por duas hastes de metal, dispostas a cerca de 80 centímetros de distância entre si. Carregadas com 280 mil volts, ao comando do funcionário produziram raios assustadores, que desenhavam formas bizarras na escuridão, acompanhados de um barulho ensurdecedor.

Mas isso tinha sido só o começo. Logo depois, outro funcionário entrou na gaiola e foi elevado a três metros de altura. Cerca de 220 mil volts foram descarregados na estrutura e faíscas e raios estrondosos tomaram conta de toda a gaiola de Faraday. Luna se arrepiou ao pensar que, se aquilo não funcionasse ou eles estivessem ignorando alguma variável na história toda, aquele poderia ser o fim de Hadar.

Quando a apresentação acabou e o grupo se reuniu novamente no estacionamento, havia muitas perguntas sobre o plano. Mas havia uma constatação que deixava tudo pior: o punho de Hadar voltou a brilhar, depois de muito tempo sem se manifestar, indicando quanto tempo ele ainda tinha antes de a materialização se tornar irreversível: cinco horas.

— Não entendo! Pelos meus cálculos, ele ainda teria umas 22 horas! O que será que acelerou a contagem regressiva? — Thorsten perguntava diretamente a Hubertus, pois a mensagem tinha vindo do seu departamento.

— A emissão elétrica na sala foi enorme, isso levou a um desgaste da matéria biocósmica que envolve... — Como percebeu que os outros não seguiam o seu raciocínio, mudou o rumo do discurso... — O fato é que temos então de nos preparar para entrar daqui a três horas. Infelizmente ainda muito pouco tempo depois do fechamento oficial do museu!

— Isso não vai dar certo! — Anna se intrometeu, impaciente. — Os funcionários ainda estarão lá, resolvendo tarefas internas. Seremos todos pegos!

— Acalmem-se! — Hubertus falou a todos, de um jeito que era impossível não acreditar em suas palavras. — Quanto a isso, tenham certeza de que, quando entrarmos lá, mesmo que haja funcionários, nós não seremos vistos. Como disse, a minha equipe está trabalhando pessoalmente nisso. Na hora certa vocês verão!

— Mas aí teremos só cerca de duas horas e meia para tentar! E se não conseguirmos nesse tempo, ele ficará preso aqui para sempre! — Luna retrucou. Ela não poderia nem imaginar na possibilidade de aquilo acontecer.

— De jeito nenhum, Luna. Hoje, Hadar volta para a nossa dimensão, de uma forma ou de outra — Assegurou, girando o anel de superintendente em seu dedo.

Eles se dispersaram para se reencontrar ali em duas horas e meia. Thorsten, Anna, Angelina e Raphael decidiram tomar uma cerveja bávara na Hofbräuhaus, a cervejaria mais tradicional de

Munique. Luna preferiu ir até o quarto de pensão onde passaria a noite e Hubertus e Hadar ficaram de encontrar os outros na cervejaria em seguida, mas, primeiramente, queriam ter uma conversa a sós.

Os dois caminharam pelas ruas do centro histórico de Munique como se as conhecessem como a palma de suas mãos. Apesar de ser quase noite de domingo, muitos turistas ainda se espremiam pelas alamedas, em busca das melhores fotos naquela que é uma das cidades mais visitadas da Europa. Eles passeavam pela Marienplatz, antiga praça do mercado, onde fica o marco zero da cidade, rodeado de construções históricas em estilo neogótico.

Observaram como um grupo de turistas japoneses se acotovelava diante de uma menina que não devia ter mais de 16 anos de idade e encantava a todos com o som de seu violino, que tocava com elegância e talento em troca de algumas moedinhas de euro. Os dois pararam também diante da jovem, que interpretava divinamente "Jesus, alegria dos Homens", de Bach.

Os dois anjos pareciam ouvir a música pela primeira vez em suas existências, apesar de aquela peça ser conhecida também em sua dimensão. Do mesmo jeito que os outros turistas, eles também estavam emocionados a cada acorde. Cada nota musical parecia despertar uma sensação em suas almas. Logo, aquele grupo de pessoas estava unido numa espécie de sintonia que somente a música é capaz de produzir.

Hubertus tinha os olhos marejados de lágrimas, tocado pela beleza do momento:

— Ouvir essa melodia com os ouvidos humanos é um presente. Ainda mais com as energias do país de Bach — Ele confessou a Hadar, quando a menina acabou de tocar e o grupo então se dispersou, depois de uma chuva de aplausos. — Suas composições são extraordinárias. Misturam o sublime e o comum, o sagrado e o profano. É um pouco como a vida humana, vista do lado de cá. — Ele sorriu.

— Hubertus, me permita falar francamente. — Hadar

aproveitou o momento de emoção para ir direto ao assunto que o deixava intranquilo, desde a chegada de Hubertus. — Eu percebo que você está considerando utilizar os poderes do anel para me enviar de volta, caso a tentativa com Luna e os outros não dê certo.

Ele fez uma pequena pausa para avaliar a reação de Hubertus, que somente sorriu. Hubertus não mentiria, essa era a grande "fraqueza" dos monitores materializados. Percebendo então que tinha razão nas suas desconfianças, continuou:

— Pois eu gostaria de me declarar contrário a essa possibilidade. Não posso nem imaginar em ser responsável por tamanha perda em nosso Departamento. — Hadar falava rapidamente, como se não pudesse perder tempo em deixar muito claro o seu ponto de vista.

— Hadar, querido amigo! — Hubertus estendeu o braço sobre os ombros de Hadar, fraternalmente. — Confesso que sim, esse foi o meu plano desde o começo. Gostaria que você considerasse essa alternativa. Embora, precise dizer, eu tenha certeza de que o plano dará certo. Não vamos precisar recorrer ao anel.

— Apesar de ter esperanças, não estou tão certo assim de que isso aconteça. — Hadar confessou. — O que te faz achar que isso poderia acontecer? Magnólia foi clara em afirmar que Luna precisa estar em sintonia consigo mesma, com o que quer... E é só olhar para ela para ver que ela nunca esteve numa confusão interna tão grande! — Ele suspirou, desanimado.

Hubertus parou então à frente de Hadar e segurou os seus ombros com as duas mãos. No rosto, um sorriso mais do que confiante: um tanto misterioso, mas satisfeito:

—Ah, Hadar. Se você visse o que vejo... Não se preocupe com sua Luna, meu amigo. A sintonia está a caminho. O maior milagre terrestre acontece com ela nesse instante e ela nem desconfia.

—Ah, Hadar. Se você visse o que vejo... Não se preocupe com sua Luna, meu amigo. A sintonia está a caminho. O maior milagre terrestre acontece com ela nesse instante e ela nem desconfia.

33

Na cervejaria Hofbräuhaus, o clima era de festa: como em qualquer dia do ano, em qualquer horário que alguém adentrasse seus enormes salões. Tudo lá era motivo suficiente para festejar: o teto decorado, os garçons e garçonetes trajando Lederhose e Dirndl (os trajes típicos da Baviera, quase obrigatórios, principalmente na época da Oktoberfest), até a música bávara animada que ecoava das mesas de alguns convidados, que já tinham olhado fundo demais no copo gigantesco da cerveja famosa.

A mesa onde Angelina, Thorsten, Anna e Raphael aguardavam por Hadar e Hubertus também não deixava a desejar no quesito animação: a comida típica bávara rendia elogios de todos, a conversa entre eles se desenvolvia leve e divertida. Somente Raphael parecia distante de tudo aquilo: mesmo que balançasse com a cabeça vez por outra, concordando com o que Anna dizia, mesmo que risse das piadas de Thorsten ou acompanhasse, como se estivesse interessado, as histórias de Angelina. O pensamento de Raphael se encontrava em Luna e na noite surpreendente que tiveram há menos de 24 horas, que não saía de sua cabeça, como um filme que recomeçasse logo após a cena final. Era como se ele estivesse preso num loop temporal, vivendo de novo e de novo sempre a mesma cena.

Parecia um sonho que eles tivessem experimentado um momento de intimidade tão intenso, tão cheio de emoção, desejo e entrega. Com nenhuma mulher ele havia vivenciado as sensações que conheceu com Luna sobre aquele sofá, talvez porque, pela primeira vez em sua vida, o seu coração estava cem por cento envolvido, até mais que o seu corpo, já que o álcool havia dado uma rasteira na sua sobriedade.

E isso era uma pena, pois tudo aconteceu do jeito que aconteceu. E agora ele estava ali, sem saber o que pensar – e o pior, sem saber o que Luna pensava daquilo tudo. Tudo tinha sido tão intenso que ele poderia jurar que ela também estava envolvida emocionalmente e ele até pensou em ter uma conversa sincera com ela sobre seus sentimentos. Mas o absoluto silêncio dela durante a viagem havia lhe roubado a coragem. Ele se sentia ridículo: apaixonado, usado, traído... Suas emoções corriam loucas pelo seu íntimo, como abelhas perdidas e furiosas depois de terem sua colmeia atingida por uma pedra de uma criança sem juízo.

— Você não acha, Raphael? — A voz de Angelina o trouxe de volta à mesa.

— Desculpe, eu não estava prestando atenção — Ele foi sincero, sorrindo amarelo por ter sido flagrado com o pensamento longe dali.

— Está nervoso com a mudança, não é? — Anna se intrometeu, observando o jeito distante do colega de redação. — Você vai se adaptar logo: conhece a cidade, fala o idioma, não vai ter ninguém lá para dispersar sua atenção do trabalho e te fazer de seu bichinho de estimação...

As últimas palavras confirmaram a Raphael que Anna, apesar de todas as últimas cenas com Thorsten e da colaboração no caso de Hadar, continuava a mesma: as gotículas de veneno na sua observação eram como uma dose de uma pimenta que sempre era picante demais.

— Uma mudança é sempre um desafio. — Angelina veio

em socorro de Raphael, enquanto beliscava um pedaço da gigantesca Bretzel, pão trançado típico da Alemanha. — E não só as geográficas: as piores mudanças são aquelas que acontecem dentro de nós, enquanto a gente briga para que elas não aconteçam.

— O pior é que muitas vezes a mudança é para melhor. — Thorsten complementou, e Raphael ficou olhando para ele e Angelina e se perguntando se eles estavam falando mesmo de Roma. Anna, que não gostava de meias palavras, perdeu a paciência:

— Francamente, Raphael. Até quando você e Luna vão ficar nessa? Vocês são dois idiotas, que não percebem que um está apaixonado pelo outro. E você ainda é mais idiota que ela, pois vai fugir da oportunidade de serem um casal de verdade.

Raphael quase engasgou. Não esperava ouvir, logo de Anna, uma coisa daquelas. Tentou disfarçar e mudar de assunto, principalmente devido à presença de Thorsten e Angelina:

— Olha, Anna, eu acho que você está enganada, e além do mais, tem outras pessoas aqui na mesa que não estão entendendo nada e...

— Entender o quê? Que você e Luna se amam e acham que são só amigos? Soube disso na hora em que vi vocês juntos a primeira vez. — Thorsten disparou, sorrindo cinicamente.

Raphael estava confuso. Os seus sentimentos eram claros, mas Luna... Será que...

— Ele tem razão, Raphael. — Angelina interveio, serena, segurando uma das mãos de Raphael. — Se tudo o que eles disseram não te convence, posso te dar outro argumento: sou uma filha de Nefilin com alguns poderes de cupido. Posso dizer que, no caso de vocês, algumas coisas estão tão claras para mim como um palco iluminado.

O rosto de Raphael virou uma massa vermelha. Se eles tivessem razão e Luna também estivesse apaixonada por ele, ele precisava fazer alguma coisa. Mas não sabia o quê. Nem como.

— Eu...Eu... O quê? Como...? O que eu faço? — Ele parecia um garotinho perdido, com um sorriso estampado no rosto que ameaçava se transformar em choro de emoção, tamanha a confusão em sua cabeça. Luna também estava apaixonada por ele? Isso mudava muita coisa! Mas ele precisava ter certeza disso.

— Pessoal, vamos ter que nos aligeirar.

Era Hubertus que chegava com Hadar, ambos pálidos como uma vela.

— O que aconteceu? — Thorsten perguntou, preocupado, e logo toda a leveza do momento de descoberta de Raphael havia ficado para trás, pois ele tinha certeza de que algum novo fator mudava novamente as regras do jogo com relação a Hadar.

— Recebi uma mensagem urgente do Departamento, enquanto caminhávamos para cá. Precisamos ir agora para o Museu. Temos menos de uma hora.

— Mas como? Por que isso está acontecendo? Ele tinha muito mais tempo! — Anna estava inconformada, mas já se levantava e pegava a bolsa, preparando-se para sair.

— Isso não sabemos — Hubertus confessou. — Mas também agora não importa.

— Acho que a culpa é minha. — Hadar se pronunciou pela primeira vez, desde que chegaram à cervejaria. Olhando para o chão, envergonhado, declarou, inseguro. — Eu confesso que, caminhando para cá, comecei a duvidar de que tudo daria certo. E senti medo. Pela primeira vez em toda a minha existência eu senti muito medo.

Encarando Hubertus, ainda meio desconcertado, ele continuou:

— E eu não aceito o anel, Hubertus. Vamos fazer essa tentativa. Se não der certo, eu fico aqui na terra. Não posso colocar em risco toda a estrutura do Departamento. Outros monitores já viveram na terra e foram até... felizes. Vou acabar me adaptando e...

Angelina levantou-se da mesa, bruscamente, foi em direção a Hadar e o tomou nos braços. Quando se separaram, todos puderam ver que Hadar chorava. Thorsten se aproximou então de seu mais novo amigo, dando-lhe um tapa mais forte que caloroso nas costas:

— Nada de desânimo. Nós vamos conseguir. Raphael, ligue para a Luna ir para o Museu agora. Apesar de gostarmos muito de você, meu amigo Hadar, não quero você por aqui por muito tempo. Vamos mandar você para casa.

O grupo tratou então de se apressar. Em 20 minutos estavam na frente do museu, e logo chegou Luna, esbaforida e ainda em choque com a notícia de que tinham ainda menos tempo do que imaginava. Assim que chegou, atirou-se nos braços de Hadar:

— Vai dar certo, Hadar. Tenha certeza. Eu estou confiante de que vai dar certo.

Calado, o grupo caminhou para a lateral do museu, aguardando instruções de Hubertus que, graças ao anel, ainda podia receber mensagens telepáticas do departamento. Raphael, que tinha ficado para trás, puxou Luna pelo braço quando estavam quase lá:

— Ei, Luna, será que podíamos conversar um pouco depois? — Ele perguntou, um tanto atrapalhado.

— Claro! — Ela respondeu, mas a sua atenção estava em Hadar. Ela sentia sua preocupação de um jeito que não podia explicar. Era como se pudesse experienciar o que ele sentia.

— Fique tranquila. Vocês vão conseguir! — Raphael apertou sua mão por um momento com carinho, antes de dar alguns passos mais rápidos e se colocar ao lado de Hadar. Luna estranhou o gesto, que era a primeira atitude carinhosa dele desde que saíram de Berlim. Mas nem teve tempo para pensar sobre isso: Hubertus já reunia o grupo diante da porta lateral do Museu e dava as primeiras instruções:

— Como havia dito, essa será uma ação em conjunto entre as duas dimensões. O que vocês verão aqui pode parecer estranho, mas faz parte do nosso trabalho junto aos terrestres. Quero deixar claro que nada e nem ninguém será prejudicado com o que acontecerá aqui a partir de agora.

Hubertus tocou então levemente com a ponta dos dedos a pesada estrutura de metal e ferro, que se abriu instantaneamente, como se fosse um maleável pedaço de pano.

Mesmo surpreso, o grupo deu os primeiros passos para dentro do museu, ainda que tímidos. Mas mal haviam entrado, um funcionário da segurança, que parecia ter dois metros de altura e de largura e que tinha cara de poucos amigos, se posicionou diante deles. A cor sumiu dos rostos de Anna, Thorsten, Luna e Raphael. Somente Angelina e os anjos mantiveram a calma, certos do que aconteceria em seguida.

— Como é o seu nome, querido? — Angelina perguntou a ele, calmamente, sob o olhar complacente de Hubertus, que já havia percebido que ela conhecia as táticas e os procedimentos da outra dimensão.

— Meu nome é Ahmed, madame. Como posso ajudá-la? — Ele perguntou, para a surpresa dos demais, com o olhar direcionado para Angelina, mas com certo distanciamento, como se estivesse num estado sonambúlico.

— Você poderia, por favor, nos levar até a gaiola de Faraday? — Ela indagou, com delicadeza e educação.

— Com prazer. Por favor, me acompanhem.

Enquanto o grupo seguia, calado e assustado ao mesmo tempo, Raphael não pode deixar de puxar Hubertus pelo braço, perguntando baixinho, para que Ahmed não escutasse:

—Vocês deram drogas para ele? Isso não é contra algum tipo de tratado interdimensional?

Se a pergunta de Raphael tinha sido feita num sussurro, a gargalhada de Hubertus ecoou pelo museu vazio de uma forma assustadora para Thorsten, Anna, Luna e o próprio Raphael, que se contraiu, por medo de que logo um grupo de seguranças descobrisse o estado de Ahmed e levasse todo mundo dali para a prisão.

— Não, Raphael, nós não o drogamos — Hubertus ainda ria, parecendo se divertir com a pergunta. — Ele está em transe, como todos os outros funcionários que ainda se encontram aqui dentro. Não se preocupe, eles não estão registrando nada do que está acontecendo aqui hoje.

Depois de poucos minutos, o grupo atingiu a sala da Gaiola de Faraday. Lá, o mesmo funcionário que havia acionado a máquina na mesma tarde, parecia aguardar o grupo, sentado diante da cerca que normalmente separa o público da experiência. Ele estava acordado, mas tinha o mesmo tipo de olhar de Ahmed: como se estivesse sonhando.

Hubertus cumprimentou o funcionário e falou novamente ao grupo:

— Bom, acho que podemos começar. Se quiser se despedir, Hadar, chegou o momento.

Um por um, todos foram até Hadar e o abraçaram. Thorsten se demorou um pouco mais no abraço. Era como se, mais uma vez, se despedisse do amigo Halaliel. Uma lágrima teimosa ficou dançando em seu olhar, enquanto ele demonstrava o carinho de sua amizade à sua maneira: dando diversos socos fraternais nas costas de Hadar.

— Foi uma honra ter te conhecido! Quando você estiver entre nós, nos dê um sinal, meu amigo!

Por fim, chegou a vez de Luna. Apertou os lábios nervosamente ao encará-lo, como se assim, impedindo que as palavras deixassem os seus lábios, ela também pudesse bloquear a despedida. Mas era chegada a hora do adeus.

Os dois se abraçaram e, pela última vez, ela sentiu toda a intensidade do amor e da dedicação de Hadar, como se passado, presente e futuro se encontrassem num só instante, traduzindo por meio do sentimento tudo o que não tinha uma palavra equivalente para corresponder ao significado do amor incondicional de um anjo de guarda.

Mas não só Luna vivenciou uma sensação diferente. Quando se afastaram, Hadar olhou emocionado para ela, como se tivesse tido uma revelação enquanto estavam enlaçados:

— Minha menina! — As lágrimas, que antes eram um tanto tristes pela despedida, se misturaram a um sorriso escancarado de felicidade. — Minha doce menina! Que felicidade! — Ele tomou as suas mãos e as beijou muitas vezes, depois se aproximou de seu ouvido e sussurrou, antes de seguir adiante.

— Tudo o que você deseja, minha menina, tudo está ao alcance de suas mãos. Apenas ouça o seu coração. O seu caminho está pronto, você só precisa seguir sem medo.

Luna, mesmo confusa, rindo e chorando ao mesmo tempo, jogou um beijo no ar, enquanto ele entrava na gaiola de Faraday:

— Até na hora de partir você não fala coisa com coisa, Hadar. Por isso que as pessoas sequestram seus anjos da guarda.

34

Hadar entrou na gaiola e foi elevado a três metros de altura, enquanto Anna, Luna e Angelina, orientadas por Hubertus, se posicionaram diante da máquina que gerava as descargas elétricas, de forma que ficavam protegidas delas, mas podiam tocar na estrutura sem perigo. O funcionário do Museu, ainda em transe, mas educado e prestativo, as orientou a circundar a haste geradora dos raios com suas mãos, formando uma espécie de triângulo. Enquanto isso, o próprio Hubertus, Thorsten e Raphael ficaram na parte destinada ao público, atrás da cerca de proteção.

Apesar de não estar diretamente ao lado da gaiola, o fato de o museu estar vazio fazia com que Hubertus pudesse ser ouvido claramente por todos:

— O plano é simples: durante a emissão dos raios, as três agem sobre a estrutura energética, convertendo a energia elétrica em energia biocósmica: a mesma que usaram para abrir e ler a mensagem de Magnólia. Temos também aqui, presentes, mas invisível aos olhos humanos, 35 monitores da EOL 45 dispostos logo atrás do aparelho, potencializando ainda mais a sua energia.

Thorsten era o mais animado de todos os presentes, por isso, não se conteve e concluiu a explicação de Hubertus, mesmo que ninguém tivesse lhe dado a palavra:

— Quando a gaiola de Faraday for acionada, anulará completamente a interferência magnética terrestre e somente a energia cósmica terá atingido Hadar, que assim poderá ser transportado.

— Exatamente! — Hubertus reagiu ao comentário com um sorriso calmo e depois fez um sinal com as mãos para o vazio, como se falasse com alguém que somente ele enxergava:

— Se todos estiverem prontos, podemos começar.

Com um aceno de cabeça, todos se aquietaram e o funcionário acionou a máquina de raios. Logo, o barulho infernal da estrutura e as luzes enlouquecedoras do espetáculo que a descarga elétrica produzia riscavam o teto da sala. Luna prendeu a respiração, certa de que nada podia dar errado naquele momento. Ela fechou os olhos e se concentrou, apertando as mãos de Anna e Angelina e sentindo o calor emanado das mesmas.

— Preciso enviar Hadar de volta, preciso enviar Hadar de volta. — Ela repetia mentalmente, concentrada, fazendo uma força muito grande para não abrir os olhos e checar se tudo já havia acabado. Mas os minutos se passavam e o barulho parecia não ter fim: um raio após o outro davam a sensação de que uma tempestade infinita se formava ali mesmo. Luna tinha a impressão de que, quando participaram da experiência na parte da tarde, tudo havia acontecido bem mais rápido do que naquele momento.

— Não está dando certo! Não está dando certo!

O tom desesperado na voz de Anna fez com que Luna abrisse os olhos assustada. Só então percebeu que o funcionário já sinalizava que precisava desativar a máquina de raios, apesar de Hadar ainda estar dentro da gaiola.

Hubertus fez um sinal com as mãos e o empregado do museu finalmente desligou o aparelho, o que trouxe, por um lado, um alívio imediato ao som ensurdecedor que dominava o ambiente segundos antes, mas, por outro, levou todos à mesma constatação que Anna fizera há instantes: o procedimento não estava dando certo.

— O que pode estar errado? — Thorsten, aflito, evitava olhar para Hadar, dentro da gaiola, e dirigia a pergunta diretamente a Hubertus, que, se há poucos minutos estava confiante, agora não escondia sua preocupação.

— Sinceramente, eu não sei. Consideramos todas as alternativas. Estamos trabalhando em conjunto com o DIPI. Não sei o que pode estar dando errado!

— Quinze minutos! — Hadar gritou, de dentro da gaiola, num tom tão agoniado que traduzia sua preocupação em todas as nuances. — Meu pulso está vibrando com a mensagem de que só tenho 15 minutos antes da condição se tornar permanente! Acabou pessoal.

A aflição tomou conta de todos. Era óbvio que as energias do ambiente tinham um componente que acelerava a contagem regressiva de Hadar. E como ele não tinha mais tempo, não havia outra saída. Hubertus teria que usar o anel, trocando de lugar com Hadar na dimensão terrestre.

Olhando para o amigo Hadar recluso na gaiola, pendurado no alto da sala, ele disparou, certo de que precisava convencê-lo:

— Vamos, Hadar, não temos outra alternativa. Eu já estou prestes a me aposentar, não teria problemas em ficar aqui na terra. Venha, aceita a minha oferta e... — Enquanto falava, tentava arrancar o anel do dedo, mas, por alguma razão desconhecida, a joia teimava em não se mover nem um milímetro. — Mas o que é que está acontecendo agora também? — Hubertus fazia um tremendo esforço, mas era inútil. O anel não saiu de seu dedo.

— Hubertus — Angelina se manifestava pela primeira vez, desde que chegaram à sala. — Estou recebendo, por algum motivo desconhecido, uma mensagem telepática, como se alguém ditasse um texto dentro da minha cabeça, que eu tenha que repetir: o anel não poderá ser usado para esse propósito. Hadar não tem permissão de retornar dessa maneira.

Foi como se um balde de água fria tivesse sido jogado sobre todos. O plano B também tinha falhado e Hadar tinha somente 15 minutos para voltar. Luna olhou mais uma vez para o seu querido anjo da guarda, cabisbaixo, confinado dentro da gaiola, e o imaginou assim para sempre, preso numa dimensão que não era a dele, involuntariamente.

—Vamos tentar de novo! — Ela se ouviu, gritando, afobada. Vamos nos concentrar. O tempo não acabou. Vamos tentar até o último segundo!

Fazendo um sinal para o funcionário do museu, para que ele ligasse a máquina novamente, ela agarrou as mãos de Anna e Angelina, e implorou:

— Por favor, me ajudem a ajudar o Hadar! Eu suplico a vocês! Vocês têm muito mais força que eu, eu sei disso! Por favor, não desistam dele! — Luna nem tentava esconder as lágrimas, que agora rolavam soltas em seu rosto.

— Calma Luna. Nós vamos conseguir. Se concentra no que a sua avó escreveu naquele caderno. Você precisa de SINTONIA! — Anna quase gritava com Luna, que tentava se recompor, pois o funcionário acabara de acionar a novamente o equipamento de descarga elétrica.

Logo os primeiros momentos do barulho estrondoso dos raios ecoaram, e Luna fechou os olhos, tentando se lembrar das palavras de sua avó, como Anna sugeriu. A lambisgoia tinha razão. Sua avó havia deixado bem claro as condições para o transporte de Hadar para a sua dimensão: "sua mente, Luna, deve estar em sintonia com o seu coração. Entregue-se e mergulhe, sem medo."

Era difícil se concentrar com todo aquele barulho, e principalmente com toda a pressão de tempo restante a Hadar, se esvaindo tão rapidamente quanto as pedras de um colar que se arrebenta e derruba suas contas pelo chão. Luna precisava estar em sintonia com o seu coração. Mas a desordem que reinava lá e dentro de sua cabeça era um grande desafio e isso justamente quando os papéis se inverteram e ela é quem tinha que ajudar o seu anjo da guarda, que sempre cuidou dela a vida inteira.

Seria tão mais fácil ter um inimigo contra quem lutar, um vilão em quem colocar a culpa, alguém que fosse responsável por tudo o que dava errado naquele momento! Mas nessa história não havia vilões. O único inimigo era ela mesma e a sua completa inabilidade em administrar a própria vida, motivo pelo qual havia "sequestrado" Hadar.

Em meio ao estrondo dos raios, de repente Luna escutou a voz de Angelina, que começou a cantar uma canção num idioma desconhecido. A voz de Angelina, possante mas sempre aveludada, se sobressaía ao bramido dos raios, dessa vez num tom que parecia uma súplica:

— Baba yetu, yetu uliye. Mbinguni yetu, yetu, amina.

Luna não entendia nenhuma palavra daquela canção, mas poucos segundos após Angelina ter começado a entoá-la, seu coração foi começando a se acalmar, como se ela, da mesma forma que os funcionários do Museu ali presentes, começasse a entrar num estado de torpor, como se tivesse tomado uma anestesia que rapidamente começasse a fazer efeito.

— Baba yetu, yetu uliye. Mbinguni yetu, yetu, amina.

Sintonia. O que era necessário para atingir a sintonia da qual a sua avó havia falado? O pensamento em Raphael lhe veio à mente como um dos raios que atingia a gaiola de Faraday. Luna amava Raphael, disso ela sabia, mas ele não. Ela o amava há muito tempo, mas não tinha coragem de admitir nem para ela mesma, muito menos para ele, porque tinha medo. Medo de perdê-lo. E porque tinha medo de perdê-lo, acabaria ficando sem ele.

— Baba yetu, yetu uliye. Mbinguni yetu, yetu, amina.

O que havia sido somente a voz de Angelina se transformou, de repente, num coro de muitas pessoas. Luna foi obrigada a abrir os olhos, pois não imaginava de onde podiam vir todas as vozes que escutava naquele instante. E mal pode acreditar no que viu: envolvendo a gaiola, um coro de mais de 50 monitores, a maioria vestindo roupas coloridas e de estampas que lembravam trajes de origem africana, cantavam junto com Angelina, que estava debulhada em lágrimas de emoção, da mesma forma que Anna, que chorava e sorria ao mesmo tempo, apreciando o coral que se juntara inesperadamente a elas na tentativa de transportar Hadar para casa.

Logo Luna percebeu: a mesma luz que havia surgido de suas mãos quando tocou pela primeira vez o caderno de sua avó, junto com Angelina, emanava das mãos das três mulheres em direção à gaiola, onde Hadar também chorava de emoção.

— Baba yetu, yetu uliye. Mbinguni yetu, yetu, amina.

De alguma forma, Luna entendeu, mesmo que ninguém a explicasse, que somente as três e os anjos viam e ouviam a cena que se desenvolvia naquele momento na outra dimensão. O coral cantava junto com Angelina uma versão do "Pai Nosso", em Swahili, um idioma africano, e todos se movimentavam como numa dança calma, e ao mesmo tempo cheia de temperamento, que se destacava mais ainda com os rostos alegres dos monitores de diversos países do continente africano.

— Baba yetu, yetu uliye. Mbinguni yetu, yetu, amina

De súbito, Luna soube que somente uma coisa faltava ali. Mas seu coração já sabia o que era. Por isso, procurou por Raphael. Seus olhos se encontraram e ela sabia.

—Eu amo você, Raphael! — ela formou com os lábios, sorrindo e chorando ao mesmo tempo. Ela tinha tanta coisa mais a dizer, mesmo sem pronunciar nenhuma palavra. A forma como olhou para ele dizia tudo. E Raphael, envolvido por toda a energia do momento, também num misto de sorriso e lágrimas, respondeu da mesma forma:

—Eu te amo, Luna! — Ele gritou, mesmo sabendo que nunca seria ouvido em meio dos raios e da música de Angelina. Mas era como se, naquele instante, tudo o que já tivesse sido dito sobre a linguagem humana tivesse se tornado obsoleto: aquela foi a declaração de amor mais pura, mais doce e mais linda de suas vidas. Os dois se amavam, como homem e mulher, e agora sabiam disso.

Luna fechou os olhos então, plena de amor, de confiança e

da certeza de que um ciclo havia se fechado naquele momento. Logo, o som ensurdecedor dos raios e do coro, deram lugar a um silêncio quase tão concreto que era possível tocar. Mas quando abriu os olhos, ela viu o que seu coração já sabia. Hadar havia partido. A gaiola estava vazia quando desceu os três metros de volta até o chão. A missão havia sido cumprida. Ela tinha devolvido o seu anjo.

Epílogo

Aeroportos são lugares cheios de saudades que começam e outras que terminam. De alegrias e tristezas, de chegadas e partidas. De inícios e fins. Raphael pensava nisso enquanto terminava de beber um café e observava o monitor disposto à sua frente, onde constavam as aterrissagens e decolagens. Não podia negar que estava triste: havia chegado a hora da despedida, um momento que, se pudesse, exterminaria da face da terra. Ainda mais agora, quando havia começado a sonhar com a possibilidade de não precisar nunca mais dizer adeus. Mas tinha se enganado.

— Vamos, Raphael. Está na hora.

Thorsten veio ao seu encontro, pois imaginava que ele precisava de um pouco de suporte naquele momento. Anna também se aproximou:

— Você acha que ela vem? — Ela perguntou a Raphael, quase sussurrando. O rosto avermelhado não escondia que havia chorado. Raphael sorriu para ela, desconcertado. Ainda não havia aprendido a lidar com as demonstrações de emoção de Anna, que nos últimos tempos, devido às novas circunstâncias, haviam aumentado consideravelmente.

— Não sei Anna. A Luna é imprevisível — Ele suspirou. — Mas pela nossa última conversa, não acredito que venha. Ela me disse que vir tinha sido uma escolha só minha e saiu, batendo a porta.

— Típico dela. Ela é mimada demais! — Anna deixou escapar um pouquinho de veneno, como era de costume, e Thorsten passou o braço sobre os seus ombros, chamando a sua atenção, mas selando o comentário com um leve beijinho em seus lábios:

— Pegue leve, Anna. Não é o momento para isso.

Os três caminharam lado a lado em direção ao portão de embarque. Quando estavam quase lá, ouviram, para a sua surpresa, a voz esbaforida de Luna, que vinha correndo ao seu encontro:

— Ei, me esperem!

Raphael se virou e abriu um grande sorriso:

— Vocês vieram!

— Claro que sim. Onde estão os traidores? — Luna sorriu, mesmo que fosse possível ver que feliz ela não estava, e deu um leve beijo nos lábios de Raphael, que a envolveu com um braço, enquanto se preparava para ocupar o outro com a pessoa que Luna puxava pela outra mão:

— Vem com o papai, Mayla! — Raphael levantou a menininha com um braço só, como se estivesse fazendo um exercício de musculação e, num movimento desengonçado, a jogou de uma vez atravessada sobre os seus ombros, para o absoluto deleite da menina, que caiu na gargalhada:

— Papai! Eu não sou um saco de batata! — Ela gritou, protestando, mas rindo sem parar, arregalando os olhos azuis a cada gritinho. Logo, as bochechas rechonchudas já estavam vermelhas, resultado do esforço que fazia em se debater ao vento, mais numa tentativa de fazer bagunça do que de se soltar do pai.

— Fique quieta, dona minhoca! — Raphael também ria e remexia ainda mais a menina sobre seus ombros, e o vestido branco, rodado e estampado com flores vermelhas e rosas, que há poucos instantes ainda estava irretocável, dançava no ar de um lado para outro, ora tapando a cabeça de Raphael, ora deixando as pernas da menina completamente à mostra.

— Pára, papai. Eu já sou uma mocinha! — O protesto foi seguido de uma gargalhada, o que fez com que Raphael ainda a sacudisse mais um pouco, antes que fizesse uma pausa na brincadeira.

— Isso mesmo, filha. Brigue com o desmiolado do seu pai! — Luna sorriu e finalmente foi abraçar Anna e Thorsten, que se deliciavam com a cena de Raphael com Mayla, sua afilhada de três anos de idade. — Vá se acostumando, Anna. Quando a Mia nascer, o Thorsten vai ficar retardado igual ao Rapha.

Alisando a barriga pontuda de seis meses de gravidez, Anna sorriu:

— Ele já está bastante babão, pode ter certeza que depois vai piorar! — Respondeu, enquanto observava Hubertus e Angelina se aproximarem do grupo, puxando, cada um deles, uma pequena maleta de viagem.

— Onde está a minha princesinha? — Hubertus chegou estendendo os braços para Mayla, que pulou do colo de Raphael para o dele no mesmo instante. Ela o abraçou apertado e beijou seu rosto:

— É verdade que você e tia Angelina nunca mais vão voltar? — Ela perguntou séria, sondando Hubertus como se estivesse no meio de um interrogatório. — Mamãe não queria vir aqui para eu não chorar, mas é ela que está chorando desde ontem — Mayla acabou entregando Luna, que se fazia de durona.

— Mas quem foi que disse uma coisa dessas, que a gente não vai mais voltar? — Angelina se aproximou de Mayla e ajeitou o laço da cintura de seu vestido. — E você acha que nós dois aguentaríamos viver sem vocês? — Olhando para os amigos, que ainda lutavam para segurar as lágrimas. E acrescentou:

— Gana não é fora do planeta Terra. Vamos voltar sempre para visitar vocês. E vocês também podem ir visitar a gente sempre que quiserem — E dirigindo-se novamente a Mayla, completou:

— Vai ser igual como é quando seus avós vêm do Brasil, ou vocês vão passar férias na casa dos primos na Itália.

Luna suspirou, assistindo a cena com alegria e tristeza ao mesmo tempo. Há quase quatro anos, aquela era a sua família: as pessoas que mudaram a sua e as próprias vidas completamente, desde que se reuniram para ajudar a Hadar a voltar para casa. Ela se perguntou se ele também estava por ali, em algum lugar naquele aeroporto, assistindo à partida de Hubertus para Gana, depois que o ex-Superintendente do DIPI da EOL 45 optou, após se aposentar, em viver uma vida terrestre e finita, materializado ao lado das pessoas que havia conhecido durante a tentativa de "resgate" de Hadar.

Sorriu ao se lembrar do rosto amigável de seu anjo da guarda, sempre presente em sua vida em todos os instantes. Pensou em como a sua avó tinha razão, quando lhe disse, quando ainda era uma criança, que o seu anjo da guarda mudaria seu caminho. A primeira das mudanças estava ali na sua frente, tinha pouco mais de um metro de altura e três anos de idade, os seus cabelos negros cacheados e olhos azuis, embora um deles tivesse um tom mais escuro que o outro, como a heterocromia herdada do pai. Mayla era uma menina sorridente, ativa, bem-humorada e cheia de temperamento e, de longe, a melhor coisa que tinha acontecido em sua vida, fruto da primeira noite de amor de Luna e Raphael.

Se não tivesse sido Hadar, ela nunca teria tido coragem de assumir o seu amor por Raphael, de dizer a ele que o seguiria para onde ele quisesse: para Roma, para o Japão, até para outro planeta. Sem Hadar, ela e Raphael também não teriam se permitido finalmente viver sem medo a sua história de amor, apesar das dúvidas, brigas e perrengues do começo, quando ele recusou o emprego em Roma para ficar em Berlim com ela e teve que encontrar outro trabalho, ou quando Mayla nasceu e os dois tiveram que dar conta de um bebezinho chorão, num apartamento de 42 metros quadrados.

Não foi fácil, mas valeu a pena cada minuto, porque o amor que sentiam um pelo outro era o combustível que os movia, apesar das noites mal dormidas, das preocupações com as contas, da inexperiência como pais: os dois descobriram que, se como amigos eram bons, a dinâmica dos dois como um casal era melhor ainda: as brigas eram homéricas, e a reconciliação bombástica – os dois eram amigos, amantes e parceiros. O relacionamento havia dado tão certo que resolveram oficializá-lo quando Mayla fez um aninho de idade, numa festa de casamento de tamanho reduzido, mas linda, no Jardim do Palácio de Charlottenburg, um lugar que Hadar havia adorado. Essa havia sido a forma que encontraram de homenageá-lo, pois tinham certeza de sua constante presença em suas vidas, enchendo seus corações de força e de esperança.

Além disso, eles tiveram permanentemente a presença dos novos amigos. Aliás, da nova família. Primeiramente, a dupla Anna e Thorsten, que aguardava a chegada do seu bebê, a garotinha Mia. Apesar dos constantes conflitos com Anna, Luna percebeu logo que os dois eram aquele tipo de amigos que são mais do que simplesmente pessoas com quem se convive: Anna e Thorsten eram família. Com quem se comia macarronadas aos domingos, viajava, assistia copas do mundo, conversava coisas sérias e banais. Thorsten se tornou logo o melhor amigo de Raphael, e isso também aproximou Luna e Anna, apesar de muitos "arranca-rabos" e comentários venenosos entre as duas, típico de duas irmãs, que infernizam a vida uma da outra, mas se adoram.

E o que dizer de Hubertus e Angelina, que com o seu jeito doce, sábio e compreensivo, assumiram o papel de "pais emprestados" de Luna, Raphael, Anna e Thorsten? Os dois, para surpresa e alegria de todos, descobriram o amor na melhor idade, depois que Hubertus se materializou para viver na dimensão terrestre. Isso, depois que oficializou, como o último ato de sua administração, o estágio na esfera terrestre como legal e recomendado pelo Departamento, além de apoiar todos os monitores que resolvessem se materializar, fosse por meio de uma consultoria, apoio psicológico ou de auxílio no planejamento da "nova vida". Para tal, o apoio de

Thorsten e Angelina foi fundamental, pois trabalharam juntos para catalogar todo o material já coletado nos estudos do pai de Angelina em Gana e de Thorsten com Halaliel e, mais recentemente, com Hadar.

Thorsten, que depois de ter recebido a herança de seu tio-avô se viu livre das ruas e dos problemas financeiros, voltou a se dedicar à Teologia e começou a trabalhar como Assistente de Pesquisas Científicas na Faculdade de Teologia da Humboldt Universität zu Berlin. Para ele, a partida de Angelina e Hubertus também era um grande baque, pois os dois também se tornaram seus "pais" e, quase quatro anos depois de conviverem quase diariamente, era difícil dizer adeus, mesmo sabendo que os dois partiam com o seu apoio – Thorsten havia doado uma das suas casas herdadas para que Hubertus pudesse ter condições financeiras de tocar um projeto maravilhoso, que era o de fundar uma casa-abrigo para crianças órfãs em Gana, o motivo pelo qual o casal de amigos partia naquele momento.

— Bom pessoal, nós precisamos ir. — Hubertus sentenciou, colocando Mayla no chão. No seu olhar também havia um ponto de tristeza, mas Hubertus estava apaixonado pela ideia de servir a crianças que ninguém queria e multiplicar o amor que recebia a cada dia dos amigos e de sua companheira, Angelina.

Um a um, os amigos foram se despedindo do casal. Anna e Luna choraram, Angelina conseguiu conter as lágrimas até o último momento. Thorsten e Raphael se fizeram de fortes, mas a sua respiração ofegante mostrava que também eles lutavam com as suas emoções. Quando Hubertus e Angelina se viraram para partir, Mayla puxou Hubertus pela camisa, chamando sua atenção:

— Espera tio Hubertus. Aquele moço ali pediu para eu dizer a vocês que ele está **rugolhoso**.

Todos se entreolharam, ninguém entendeu o que a garotinha queria dizer.

— Que moço, Mayla? — Luna esticou o pescoço, procurando alguém, em seu campo de visão, que pudesse estar falando com sua filha.

— Ali, mãe. Não está vendo? Ali na sua frente, aquele que está fazendo a chuva colorida.

Luna se arrepiou. Uma chuva colorida, uma pessoa que ninguém via... Aquilo lhe parecia familiar. Raphael e a esposa se entreolharam e ele se ajoelhou, ficando na altura da filha:

— Como ele é, Mayla? Papai e mamãe não estão enxergando direito — Disfarçou.

— Ai, papai, ele é parecido com você, não está vendo? Ah, ele mandou dizer que o nome dele é Hagar — Depois, levando a mão à própria testa e sorrindo, como se tivesse percebido um erro, consertou:

— Não, é Hadar. E ele está or-gu-lho-so. É um nome difícil para uma menina do meu tamanho. Ele disse.

Agora, ninguém mais conseguiu segurar as lágrimas. Até mesmo Hubertus e Angelina caíram no choro, e todos se abraçaram. Luna levou Mayla ao seu colo, e beijou muitas vezes os seus cabelos, o seu rosto, as suas mãos. Sua filha também via o seu anjo da guarda, como ela quando era criança. Foi assim que tudo havia começado, toda a trama que fez com que eles todos estivessem presentes ali, naquele momento, tendo a certeza de que nada havia sido por acaso: nenhum dos encontros e desencontros, nenhuma das decisões que havia levado cada um deles a estar ali, fazendo parte um da vida do outro. Todas as coisas estavam entrelaçadas e todos ali, nessa e em outras dimensões, faziam parte de sua história e de muitas outras que ainda viriam.

No meio de tantas lágrimas de emoção, Luna começou a rir, imaginando Hadar, em outra dimensão, usando um cone de papel alumínio sobre a cabeça, também chorando de alegria. Sentiu saudade de seu vocabulário esquisito, de seu abraço transformador, de tudo o que aprendeu com ele naqueles dias de convivência, quando o tinha sequestrado. Mas a saudade não era dolorida. Agora, através do amor de Raphael e de sua filha, e do carinho da sua nova família, ela tinha certeza: o amor existia além da matéria, além dos mundos. O amor enchia os corações de consolo e a vida de esperança, era a força propulsora que impulsionava a vida, capaz de promover milagres e tornar possível o impossível.

Fim

Agradecimentos

Agradeço em primeiro lugar ao meu anjo da guarda, apesar de não saber seu nome. Este livro foi escrito durante tempos difíceis e tenho certeza de que estive sob seus cuidados.

Agradeço também com carinho a você que chegou até aqui, embarcando comigo nessa brincadeira de imaginar o que existe entre o céu e a terra, além de nossa vã filosofia.

Também agradeço aos leitores que me apoiaram no Wattpad, em especial, à Daiane Aragão, que acompanhou o projeto desde a primeira linha e colaborou com dicas maravilhosas. E como sempre, não posso deixar de agradecer à minha irmã Islene, que acompanha todos os meus projetos com amor.

Contato da Autora

Instagram
https://www.instagram.com/gisele_servare/

Facebook
https://www.facebook.com/GServare

Livros na Amazon
https://www.amazon.com/-/e/B00TW7DY3C

Printed in Great Britain
by Amazon

41254540R00128